유위자

개천기
5

유위자 개천기5

초판 1쇄 인쇄 2018년 7월 13일
초판 1쇄 발행 2018년 7월 20일

글쓴이	박석재
펴낸이	이경민
편집	최정미
디자인	문지현
펴낸곳	(주)동아엠앤비
출판등록	2014년 3월 28일(제25100-2014-000025호)
주소	(03737) 서울특별시 서대문구 충정로 35-17 인촌빌딩 1층
전화	(편집) 02-392-6901 (마케팅) 02-392-6900
팩스	02-392-6902
전자우편	damnb0401@naver.com
SNS	

ISBN 979-11-88704-89-7 (03800)

※ 책 가격은 뒤표지에 있습니다.
※ 잘못된 책은 바꿔 드립니다.
※ 이 도서의 국립중앙도서관 출판예정도서목록(CIP)은 서지정보유통지원시스템 홈페이지(http://seoji.nl.go.kr)와
   국가자료공동목록시스템(http://www.nl.go.kr/kolisnet)에서 이용하실 수 있습니다. (CIP제어번호 : CIP2018019748)

동아엠앤비

유위자

개천기 5

박석재 소설

동아엠앤비

시작하며

『개천기』, 『태호복희-개천기2』, 『치우천자-개천기3』으로 배달 3부작이 완성됐다. 그리고 『왕검단군-개천기4』가 나옴으로써 시대 배경이 단군조선으로 넘어가게 됐다. 『유위자-개천기5』는 단군조선 시대 최고의 대선인 유위자가 '홈즈'이고 감성관장 우량이 '와트슨'인 천문역사소설이다.

『유위자-개천기5』는 독자에게 조선이 얼마나 강대한 나라였는지 실감하게 만들어 줄 것이다. 예를 들면, '주지육림' 하나라 걸왕을 멸하고 '일신우일신' 상나라 탕왕을 등극시킨 역사적 사건도 결국 흘달 단군의 뜻에 따라 일어난 일에 불과하다는 사실을 목격하게 된다. 아울러 주인공이 방문한 천산 지역에서 단군이 '뎅그리'로 자리 잡아 오늘에 이르렀다는 사실도 깨닫게 된다.

『유위자-개천기5』의 별칭은 '소설 오성취루'가 될 수도 있다고 본다. 잘 알려진 바와 같이 오성취루는 BC 1734년에 일어난 오성 결집 현상이다. 『유위자-개천기5』의 주인공들이 오성취루를 목격하는 장엄한 장면이 마지막 부분을 장식한다. 그리고 주인공 유위자가 태호복희의 하도를 통해 민족종교의 열쇠라 할 수 있는 '개벽'을 깨달으며 대단원의 막이 내린다.

『개천기』 시리즈는 판타지 소설이 아니라 역사소설이다. 빈도는 『환단고기』 등에 전해지는 역사적 사실들을 최대한 충실하게 반영했다. 계연수 열사의 1911년 『환단고기』 발행 100주년을 기념하기 위해 증산도의 안경전 종도사가 2011년 출간한 『환단고기』 역주본을 주로 참고하고 인용했다.

『개천기』 시리즈는 또한 과학소설이기도 하다. 모든 주인공이 그 시대의 천문대장이기 때문에 아마추어 천문학에 필요한 지식들이 거의 다 망라돼 있다. 우리 조상들이 알고 있던 천문학 지식들을 현대인의 시각으로 체크해보는 것도 또 하나의 재미가 아니겠는가.

『개천기』에서는 '1년=12개월' 달력, 북극성의 고도, 수성의 발견, 월식, 천동설 우주관, 윷놀이 등을, 『태호복희-개천기2』에서는 해와 달과 별의 운행, 8괘와 태극기, 음력과 윤달, 양력과 24절기, 동양의 별자리 28수, 별똥, 행성의 역행 등을, 『치우천자-개천기3』에서는 천구의 적도, 별자리 판의 원리, 행성의 주전원, 천동설 우주관 등을 설명했다. 『왕검단군-개천기4』에서는 천구의, 현의 진동, 오성결집, 분점과 지점 개념, 천구의 연주운동, 28수의 천구적 개념 등을 설명한다. 『유위자-개천기5』에서는 양일병출, 지구의 적도, 지구의 크기, 북두칠성의 시운동, 오성취루 등을 설명한다.

『개천기』 시리즈는 각각 BC 3804년, BC 3416년, BC 2709년,

BC 2358년, BC 1799년에 시작되는데 무엇 하나 고증될 수 있는 시대가 아니다. 그 당시 가옥·의상·음식…… 어느 것 하나 소상히 알려져 있지 않기 때문에 빈도는 그런 부분을 구체적으로 기술하지 않았다. 아니, 기술할 수 없었다. 독자는 마음껏 상상의 나래를 펼쳐 나름대로 영상을 만들어가기 바란다.

『개천기』 시리즈를 집필하면서 빈도는 『환단고기』 등에 나오는 용어들을 최대한 충실히 따랐다. 하지만 필요한 모든 용어들을 그 시대에 어울리게 만들 수는 없었다. 어휘를 계속 새로 만들어 나아가면 아마 독자들도 혼돈돼 읽지 못할 것이다. 그래서 『환단고기』에 나오지 않는 어휘들은 그냥 요샛말로 기술했으니, 예를 들어, 천문대는 그냥 천문대, 백두산은 그냥 백두산이라고 했다.

아무쪼록 독자들은 그 당시 용어들이 이 소설에서 현대식으로 번역이 됐다고 생각하고 읽어주기 바란다. 독자들이 타임머신을 타고 그 시대로 가서 주인공들 사이에 빠져 들어간 것처럼 느낄 수만 있다면 빈도는 대만족이다.

끝으로 이 소설을 출판해 준 동아엠앤비의 이경민 사장님께 감사드린다.

유위자

1부

국자랑이 되다

개
천
기

5

왕검 단군께서 우리 조선을 세우신 지 5백 년이 흘렀다. 나 우량은 번한의

청구에서 태어나 단기 532년 12살의 나이로 국자랑이 됐다. 청구의 경당

에서 2년간 기본 교육을 마친 나는 단기 534년 대풍산 삼청궁 경당에 들어

가 다시 2년의 교육을 받게 됐다…….

이윤과 말량

조선 땅에는 소도라는 곳이 여기저기 있었다. 솟대들을 세워놓은 그곳은 하늘에 제사를 지내는 곳으로 죄인이 들어가도 잡을 수 없는 성역이었다. 소도 옆에는 청소년들을 교육하는 경당이 있었는데 그곳에서 공부하는 청소년들을 국자랑이라 불렀다. 국자랑들은 학문, 무예, 예악을 골고루 배워 조선을 실질적으로 이끌어가는 관리와 장교가 됐다.

특히 지난 11세 도해 단군은 재위 원년이었던 단기 443년부터 조선의 명산 열두 곳에 국선소도를 설치하셨다. 국자랑들은 경치가 수려한 곳에서 단체생활을 하면서 단결의 중요성도 배우게 됐다. 교관들은 국선소도 주위 박달나무들 중 가장 큰 것을 환웅상으로 정해 제사를 지내면서 국자랑들에게 민족의식을 심어줬다.

나는 대풍산 삼청궁 경당에서 국자랑 낭도 생활을 하고 있었다. 삼청궁은 치우 천자 시대 자부 대선인이 기거하던 곳으로 조선 초까지만 해도 훌륭한 모습을 자랑했다. 하지만 삼청궁의 운이 다했는지 화재로 절반이 넘는 건물들이 소실돼 거의 폐허가 됐다. 그리하여 우리가 삼청궁 경당에서 교육을 받은 마지막 기수가 돼버렸다.

졸업이 얼마 남지 않은 단기 535년 가을 어느 날이었다. 오전 수업시간에 백여우는 유위자 대선인에 대해 자세히 알려줬다. 백여우는 고시명 교관의 별명이었다. 삼청궁 경당에는 총 5명의 교관이 있었다.

"우리 조선에서 학문이 가장 깊으신 분은 유위자 대선인이시다. 천문과 지리에 무불통달하시어 배달의 발귀리, 자부, 신지, 대련, 을보륵 대선인들의 적통을 이어가시는 분이지. 대선인께서는 지난 도해 단군 시절 국자랑 태사부로 계시면서 조선과 우리 국자랑의 기반을 닦으셨다."

내 친구 이윤이 손을 들었다.

"이윤 낭도, 또 무슨 질문이냐?"

평소 질문이 많은 이윤을 백여우는 별로 좋아하지 않았다. 이윤이 일어서서 물었다.

"유위자 대선인 어르신은 살아계십니까?"

"대선인 어른께서는 도해 단군이 붕어하시자 중원에 산처럼 거대한 무덤을 만드는 일에 전념하셨다. 동시에 새로 즉위하신 아한 단군을 보필하셨지. 약 10년 후 무덤이 완성되자 더 수양을 하겠다는 말씀을 남기시고 홀연히 사라지셨다. 십여 년 전에 안덕향에서 잠깐 뵈었는데 정정하셨으니까 아마 지금도 살아계실 것이다. 그 때 묘향산에 계시다고 말씀하셨다. 그런데 그건 왜 묻지?"

"그냥 궁금해서요."

백여우는 대선인의 가르침이 적힌 흰 비단을 꺼내 앞에 걸었다.

惟我神市
實自桓雄開天納衆
以佺設戒而化之
天經神誥詔述於上
衣冠帶劍樂效於下
民無犯而同治
野無盜而自安
擧世之人無疾而自壽
無歉而自裕
登山而歌迎月而舞
無遠不至
無處不興
德敎加於萬民頌聲溢於四海

환국시대부터 만들어진 환자는 7천 자에 이르렀다. 우리 조선에
서는 환자의 서체가 전서체로 우아하게 정리되기 시작했다. 특히

천에 쓰는 먹과 필기구가 발명돼 옛날 숯을 이용할 때보다 훨씬 더 깔끔하게 적을 수 있게 됐다. 하지만 경당을 벗어나면 아직도 숯을 이용해 갑골문자체로 쓰는 곳이 대부분이었다.

"이것은 대선인께서 직접 도해 단군께 드린 말씀이다. 다 같이 큰소리로 읽어 보거라."

백여우의 말이 끝나기가 무섭게 우리는 큰소리로 환자를 읽어 내려갔다.

유아신시

실자환웅개천납중

이전설계이화지

천경신고조술어상

의관대검락효어하

민무범이동치

야무도이자안

거세지인무질이자수

무겸이자유

등산이가영월이무

무원부지

무처불흥

덕교가어만민송성일어사해

우리가 읽기를 마치자 백여우가 이윤을 가리키며 물었다.

"이윤 낭도, 이게 무슨 뜻인지 한 번 설명해봐라."

'잉? 백여우의 보복인가?'

이윤은 자리에서 벌떡 일어나 자신에 찬 목소리로 설명해 나아
갔다.

오직 우리 배달이

실로 환웅천황의 신시 개천 이래 백성을 모아

전의 도로써 계율을 세워 교화했습니다.

천부경과 삼일신고는 역대 성조들이 조명으로 기록했고,

의관을 갖추고 칼을 차고 다니는 풍속은 아래로 백성이 즐거이
본받았습니다.

이에 백성은 법을 범하지 않고 한결같이 잘 다스려졌으며,

들에는 도적이 없어 저절로 평안하게 되었습니다.

온 세상 사람이 병이 없어 저절로 장수를 누리고

흉년이 없어 저절로 넉넉하여,

산에 올라 노래 부르고 달맞이를 하면서 춤을 추며,

아무리 먼 곳이라도 그 덕화가 미치지 않은 데가 없고

어떤 곳이든 흥하지 않은 곳이 없었습니다.

이렇게 덕과 가르침이 만백성에게 미치고 칭송하는 소리가 사해
에 넘쳤다 하옵니다.

"훌륭해. 잘 했다."

백여우는 마지못해 이윤을 칭찬했다.

'역시 이윤이 똑똑하기는 해.'

이윤은 유일한 화하족 출신이어서 경당에 들어오자마자 따돌림에 시달렸다. 특히 조금 나대는 천성 때문에 더욱 냉대를 받았는데 이는 다른 낭도들의 질투까지 더해진 결과였다. 오직 나와 말량이만 이윤과 가까이 지냈다.

"사람은 다 똑같은 거야. 배달족이면 어떻고 화하족이면 어떠냐. 공부를 해서 자격을 갖추면 다 천손인 거야."

내가 위로하면 그때마다 이윤은 풀이 죽은 목소리로 답했다.

"우량이 너는 우리 화하족이 조선에서 얼마나 차별받고 사는지 절대로 이해 못해. 노비의 자식인 내가 태어나자마자 기다리고 있던 것은 고된 농사뿐이었어. 나는 지금도 너른 들판을 보면 마음이 울적해. 너희들 배달족으로 태어난 걸 정말 다행으로 알아……."

오전 수업이 끝나자 우리는 모두 식당으로 갔다. 식반에 음식을 받아든 이윤이 내 옆에 앉으며 물었다.

"우량아, 너 내일 뭐 할래?"

다음 날은 칠회제신력 하늘의 날이어서 수업이 없었던 것이다. 역시 식반에 음식을 받아든 말량이 식탁 건너편에 앉으며 말했다.

"우리 내일 대풍산이나 올라갈까?"

"그거 좋은 생각이네. 그러고 보니 산에 다녀온 지 꽤 된다."

내가 동조하자 이윤도 고개를 끄덕였다.

말량이 푸념 가득한 목소리로 말했다.

"이제 졸업이 얼마 남지 않았구나. 졸업하고 뭐하지…… 우량이 너는 어떡할래?"

내가 답했다.

"졸업하면 나는 아사달로 가서 꼭 감성관이 될 거야."

감성이란 11대 도해 단군 때 만들어진 천문대의 공식 호칭이다. 그곳에서 일하는 천문학자들을 감성관이라고 불렀던 것이다.

"그래라, 우량아. 너보다 천문을 잘 아는 낭도는 없어."

"사람은 태어나면 아사달로 보내라는 말도 있잖아. 너희들도 아사달로 나랑 같이 가자."

이윤이 풀죽은 목소리로 끼어들었다.

"그건 배달족 얘기지 나하고는 상관없어."

말량이 끼어들었다.

"이윤아, 너는 남토로 가. 거기 화하족의 나라 하나라가 있잖아."

"아니야. 요즘 하나라는 걸왕의 폭정이 도를 넘어서 백성들이 도망가기 바쁘대. 어떻게 그런 나라에 가서 사니."

"그럼 아예 마한의 삼도로 가면 어때? 그런데 가면 틀림없이 조선의 국자랑 출신은 대우를 받을 텐데…….”

“나를 섬까지 몰아내려고? 글쎄, 삼도는 말이 다르다던데…….”

“말이야 배우면 되지.”

“말랑아, 너 말을 배운다는 게 얼마나 힘든 건지 아니? 너희 배달족은 조선말만 하면 되잖아. 남토 사람들은 출세하기 위해 목숨 걸고 조선말을 공부하고 있어. 나도 정말 힘들었지.”

“네 조선말은 이제 완벽해. 오히려 우리보다 더 잘 하잖아. 아직도 이 경당 안에 너를 화하족이라고 괴롭히는 놈 있니?”

“아니, 너희들 덕분에 거의 다 없어졌어. 하지만 대부분 나를 노비 출신이라고 가까이하지는 않아.”

이윤은 짐짓 화제를 돌렸다.

“내일 날씨가 어떨까? 지금 하늘은 잔뜩 찌푸렸는데…….”

오후에는 갈색곰의 수업이 이어졌다. 갈색곰이란 무예를 가르치는 수파문 교관의 별명이다. 국자랑들은 자기 이름이 새겨진 강철검을 하나씩 받아 평생 간직했다. 이 검은 국자랑의 상징이요 자부심이었다. 한마디로 국자랑의 전부라고 해도 과언이 아니었다. 경당에서 쫓겨나는 국자랑에게 가장 큰 벌은 그 검을 회수당하는 것이었다.

“적을 죽이는 무예는 잊어라. 무예는 마음을 닦는 수련의 한 방법이니라. 활은 정말 좋은 무기다. 활을 과녁에 맞히지 못하면 네 스스로를 돌아봐라……."

나른한 오후 갈색곰의 목소리가 꿈결처럼 들렸다.

대풍산의 노인

다음 날 나와 말량과 이윤은 대풍산에 올라갔다. 마침 날씨까지 좋아 구름 한 점 없는 파란 하늘이 우리를 맞이했다. 산 중턱쯤 올라가니 향나무 지팡이를 짚고 걸어가는 노인이 눈에 띄었다.

'저 노인은 왜 산에 올라가는 것일까?'

남루한 옷차림에 다 찢어진 삿갓을 쓰고 있던 노인이 걸음을 멈추고 뒤돌아봤다. 제일 앞서 올라가던 내가 그 노인과 눈이 마주쳤다.

"너희들은 국자랑이로구나."

노인은 다짜고짜 반말을 했지만 나는 공손하게 대답했다.

"예, 어르신."

"너희들 점심으로 뭘 가지고 가느냐?"

"주먹밥을 가지고 갑니다."

"그래? 그럼 이 노인네에게 한 개만 다오. 배가 고프구나."

"어르신, 힘드신데 일단 앉으시지요. 이쪽 바위가 편편하고 나무 그늘까지 져서 딱 좋네요."

내가 권하자 노인은 바위에 자리를 잡고 앉았다. 주먹밥을 담은 바랑을 메고 가던 말량이 하나 꺼내 두 손으로 정중하게 드리자 노인이 물었다.

"물론 소금도 있겠지?"

'아무리 노인이지만 얻어먹는 처지에 비싼 소금까지 달라니……'

말량은 군말 없이 약간의 소금을 덜었다.

"물은?"

"물은 골짜기에서 떠 마시기 때문에 따로 가지고 다니지 않습니다."

이윤이 약간 신경질적인 목소리로 답하자 노인이 역정을 냈다.

"이놈아, 여기까지 올라와서 다시 골짜기까지 내려가란 말이냐."

내가 끼어들었다.

"어르신, 그럼 저희는 계속 올라가겠습니다. 저희 낭도들은 자부암에 올라갈 때까지 쉬면 안 됩니다."

우리가 길을 재촉하자 노인이 뒤에서 큰 목소리로 외쳤다.

"자부암에서 만나자!"

그 말을 듣고 이윤이 목소리를 낮춰 말했다.

"야, 저 영감태기 곧 따라 올라올 것 같다. 자부암에 빨리 올라갔다가 영감태기가 올라오기 전에 다른 길로 내려오자."

말량이 맞장구쳤다.

"그래, 잘못하면 주먹밥 하나 더 빼앗기겠다."

한참 뒤 자부암에 도착한 우리 눈에 띈 것은 정좌를 하고 암자에 앉아 있는 한 노인의 뒷모습이었다. 그 노인은 밑에서 만났던 비렁뱅이 노인과 똑같은 지팡이를 짚고 있었다. 우리는 놀라 암자 밖에서 노인의 뒷모습을 하염없이 바라보고만 있었다. 노인이 뒤를 돌아보며 말했다.

"이제 올라오느냐."

우리는 기절초풍했다. 조금 전 밑에서 만났던 바로 그 노인 아닌가!

"내가 여기서 만나자고 하지 않았느냐."

노인은 장난스러운 표정을 지었다.

"어, 어르신. 어떻게……, 이렇게 빨리 올라오셨습니까?"

내가 겨우 정신을 차리고 묻자 노인이 암자 바닥을 두드리며 대답했다.

"배가 고파서 주먹밥 하나 더 얻어먹으려고 서둘러 올라왔지. 모두 들어와서 여기 앉아라."

'이상하다, 거기서 여기까지 올라오는 길은 단 하나뿐인데…….'

우리도 다리가 아팠기 때문에 암자에 들어가 노인을 둘러싸고 앉을 수밖에 없었다. 말량이 다시 바랑에서 주먹밥을 하나 꺼내 노인에게 드렸다.

"너희들도 같이 먹자. 소금은?"

다시 소금을 찾는 노인이 얄밉기 짝이 없었다. 한 사람 앞에 두 개씩, 모두 6개의 주먹밥을 가지고 올라왔는데 노인에게 2개나 빼

앗겼던 것이다. 노인은 소금을 찍어 주먹밥을 입에 베어 물고는 물었다.

"너희들 소금이 어디서 나는지 아니?"

이윤이 퉁명스러운 목소리로 말했다.

"그야 바다에서 나지요."

"소금은 땅에서도 캔단다. 너희들이 주먹밥을 2개나 줬으니 나도 너희들에게 선물을 줘야겠다."

노인은 주먹밥이 묻은 손으로 더러운 바랑을 뒤지기 시작했다.

'저런 노인네가 줘봐야 뻔하지. 일단 더러울 거야.'

"괜찮습니다, 어르신."

우리는 극구 사양했다.

"그래? 받지 않겠다는데 강제로 주는 건 도리가 아니지."

노인은 기다렸다는 듯 바랑에서 손을 뺐다. 노인은 장난기 가득한 목소리로 나에게 물었다.

"내 얼굴에 밥풀이라도 묻었느냐?"

"아, 아니옵니다."

"여기가 자부 대선인이 수도하던 암자여서 자부암이라고 부른다지? 너희들 자부 대선인의 업적을 아느냐?"

자부 대선인의 업적이야 귀에 못이 박히도록 배운 우리지만 대답하는 것이 귀찮아 모르는 척했다. 그러자 노인이 한심하다는 듯 말했다.

"국자랑이 그것도 모른단 말이냐? 저런, 쯧쯧쯧."

"어르신은 아십니까?"

이윤이 약간 화가 난 목소리로 되묻자 노인은 설명하기 시작했다.

"자부는 치우 천자 시대 사람으로 태호복희의 환력과 환역을 가장 잘 아시는 분이었다. 천문에도 밝아 칠정운천도를 만들고 윷놀이를 퍼트려 사람들을 즐겁게 만들어 주셨지. 취선이라는 별명이 있을 정도로 술을 좋아하셨고 출가하신 몸이지만 세상일에 깊이 관여하셨다. 특히 치우 천자를 옹립해 우리 배달족의 역사를 굳건히 세우셨느니라……."

노인은 가끔 향나무 지팡이로 암자 바닥을 쳐가며 자부 대선인에 대해 자세히 설명했다. 우리는 노인의 박식함에 놀라움을 금치 못했다.

'아, 이분은 보통 사람이 아니다.'

우리는 노인의 설명을 듣느라 시간가는 줄도 몰랐다.

"…… 그래서 황제, 적제, 청제 등이 모두 삼황내문경을 배웠지. 자부 대선인의 제자로는 치우 천자 이외에도 일월, 고시영천, 유묘신성, 보현 등이 계셨느니라."

'자부 대선인 제자라고는 고시영천밖에 모르는데.'

"일월은 치우 천자 휘하에서 천백과 풍백을 지내신 분이다. 옛날 배달의 기록에서 안개 작전을 찾아내 헌원에게 결정타를 먹인 전

략가였지. 고시영천은 일월의 처남으로 명문가 고시 집안 출신이다. 갈로산에서 야금대장으로 시작해 우사까지 올라가신 분이다. 광석을 캐내는 구치라는 기계를 만들었고 나중에는 비석박격기라는 무기도 만든 분이다. 유묘신성은 화하족 명문가 유묘 집안 출신으로 헌원 휘하에 들어갔지만 재주를 채 발휘하기도 전에 비명횡사했다. 사형이었던 일월이 변을 당하기 직전 구출해주고 대신 죽은 것이지."

우리는 감탄해 모두 한마디씩 했다.

"어르신은 마치 치우 천자 시대에 사신 분처럼 얘기하십니다."

"어떻게 그리 자세히도 아시나요? 어느 책에 그 내용이 있습니까?"

"어르신, 존경스럽습니다."

우리로부터 칭찬을 들은 노인은 활짝 웃으며 설명을 이어갔다.

"마지막 제자 보현은 배달족이 아니었다. 하지만 헌원이 밑에서 지남거를 만드는 등 훌륭한 업적을 남겼지. 자부 대선인께서 이를 알아보고 보현을 거둬주셨다. 이후 보현은 배달의 우사가 돼 큰일을 해냈느니라."

배달족이 아니었던 이윤은 특히 보현에 대해 자세히 물었다.

"화하족인 보현이 천자국 배달의 우사까지 올라갔단 말입니까?"

"그렇다니까. 천자국이란 천손의 나라이니라. 지손도 수양을 닦으면 천손이 되고 인정을 받을 수 있느니라. 반면 천손도 죄를 지으면 지손이 되는 것이지."

"그럼 배달족이든 화하족이든 아무런 차이가 없네요?"

"그렇지. 우리가 민족을 택해서 태어나는 것은 아니지 않느냐. 어떻게 태어나든 끊임없이 수양하는 사람만이 천손이 되는 것이다."

이윤이 공손히 답했다.

"어르신의 가르침 백골난망이옵니다."

노인이 갑자기 생각났다는 듯 물었다.

"참, 삼청궁 경당이 곧 문을 닫느냐?"

"예, 저희가 마지막 기수입니다."

"그래? 그럼……, 거기 있는 보물들이나 내가 가져가야겠다."

"보물요?"

노인이 일어나 앞장섰다.

"엄청난 보물 2개가 있지. 지난번 화재 때 타버리지는 않았는지 걱정이 되는구나. 어서 가지러 가자."

노인을 따라 일어난 우리는 기가 막혔다. 이런 노인을 왜 데려왔느냐 질책 받을 일도 걱정됐다.

"거기는 아무나 가는 곳이 아니옵니다. 어르신은 들어가실 수 없습니다."

말이 없던 말량도 나서 적극 만류하자 노인이 되물었다.

"거기 누가 지키고 있느냐? 문지기라도 있니?"

"아니오, 그런 사람은 없습니다만⋯⋯."

"그런데 왜 못 들어간단 말이냐? 내 발로 걸어서 들어가면 되지."

대풍산 중턱까지 내려오자 창기소 선인의 고인돌이 보였다. 노인은 갑자기 옷매무새를 바로잡더니 고인돌을 향해 큰절을 두 번 올렸다. 절을 마친 노인이 우리에게 물었다.

"여기 누워계신 분이 누구신지 아느냐?"

"그야 창기소 선인이시지요. 우리 경당에서 자주 제사를 올려 다 압니다."

내가 대답하자 노인이 다시 물었다.

"그럼 이 분이 무슨 일을 하셨는지 아느냐?"

"그것까지는⋯⋯."

"조선 초기 창기소 선인은 오행치수법을 만들었는데 마침 남토에 9년 홍수가 일어났다. 왕검 단군의 아들 부루 태자는 배달족이었던 우사공에게 오행치수법을 전해 홍수를 막았고 그 덕분에 우사공은 우나라 순왕이 죽자 하나라를 세우고 우왕이 될 수 있었던 것이니라."

'도대체 이 노인의 정체는 뭐지? 모르는 게 없으니⋯⋯.'

노인은 다시 길을 재촉했다.

경당에 도착하자 마침 갈색곰이 혼자 연병장에서 수련을 하고 있었다. 갈색곰은 '뭐 이런 노인네를 데리고 왔나' 하는 표정을 짓고 노인의 얼굴을 찬찬히 뜯어봤다.

'아, 우리 또 며칠 동안 마구간 청소를 면치 못하겠구나.'

갑자기 갈색곰이 넙죽 엎드리며 외쳤다.

"스승님, 여기 삼청궁에 어인 일로 납시었습니까!"

우리는 기절초풍했다.

"스승님?"

"그럼 저 분이……?"

노인은 갈색곰의 두 손을 잡고 일으켜 세우며 말했다.

"빈도도 자부 대선인처럼 천산에 다녀왔느니라."

자리에서 일어난 갈색곰이 우리를 쳐다보며 외쳤다.

"너희들 어서 인사드려라. 유위자 대선인이시다!"

우리는 동시에 마당에 엎드려 절하며 사과했다.

"저희가 대선인 어르신을 몰라 뵙고……."

"함부로 말씀드려 죄송합니다."

"어르신, 정말 죄송합니다."

대선인은 유쾌하게 웃으며 말하셨다.

"하하하, 귀여운 녀석들. 주먹밥 잘 먹었다."

"주먹밥이라니요?"

갈색곰이 놀라 물었다.

"빈도가 심심해서 장난 좀 쳤지, 하하하."

"스승님, 어서 안으로 드시지요. 고시명 사형에게도 연락하겠습니다."

갈색곰은 서둘러 대선인을 모시며 우리에게 말했다.

"너희들은 이만 낭도 숙소로 가거라."

숙소에 돌아오자마자 우리는 쏟아지는 낭도들의 질문에 시달렸다.

"아까 마당에 서 있던 비렁뱅이 할아버지가 유위자야?"

"그 위대한 유위자 대선인께서 오셨다고?"

"야, 이게 정말이니?"

우리는 다른 낭도들에게 그날 대풍산에서 있었던 일을 하나도 빼놓지 않고 얘기해줬다.

서효사

다음 날 오전 수업이 시작됐다. 백여우가 흰 비단 두루마리를 가지고 들어오면서 말했다.

"너희들은 오늘 유위자 대사부님께 서효사를 직접 배우는 영광을 누리게 됐다. 모두 일어서거라."

우리가 모두 자리에서 일어나자 유위자 대선인께서 들어오셨다. 대선인은 지난밤에 교관들하고 술을 드신 모양이었다. 지팡이를 짚고 걷는데도 비틀거리셨다. 나는 걱정했다.

'저래가지고서야 강의를 제대로 하시겠나. 얼굴 표정에도 피곤함이 역력하신데……'

하지만 그것은 기우였다. 강의를 시작하자 대선인은 완전히 다른 사람이 되셨다.

"……그 동안 우리 조선의 역사를 잘 공부했겠지? 단기 몇 년 하면 바로 그것이 어느 단군 때인지 알아야 하느니라. 단기 1년 왕검 단군께서 조선을 세우셨고, 단기 93년 2대 부루 단군께서 등극하셨고, 단기 151년 3대 가륵 단군께서 등극하셨고, 단기 196년 4대 오사구 단군께서 등극하셨고, 단기 234년 5대 구을 단군께서 등극하셨고, 단기 250년 6대 달문 단군께서 등극하셨고, 단기 286년 7대 한율 단군께서 등극하셨고, 단기 340년 8대 우서한 단군께서 등극하셨고, 단기 348년 9대 아술 단군께서 등극하셨고, 단기 383년 10대 노을 단군께서 등극하셨고, 단기 442년 11대 도해 단군께서 등극하셨고, 단기 499년 12대 아한 단군께서 등극하셔서 올해 단기 535년까지 36년째 다스리고 계신 것이니라……."

대선인은 여기까지 단 한 번의 막힘도 없이 술술 강의하셨다.

"……외워야 되는 것은 너희들 나이 때 외워야 한다. 그래야 평생 잊어버리지 않느니라. 나이가 20대 후반만 돼도 암기력이 현저히 뒤떨어지고 외운다 해도 곧 잊어버린다. 오늘 강의할 서효사 180자도 반드시 외우도록 해라. 그래야 나중에 좋은 문장을 쓸 수 있느니라. 서효사는 우리 조선의 역사를 노래한 대서사시로 명문 중 명문이니라. 6대 달문 단군께서는 구월산에 제후들을 소집해 삼신께 제사를 드리고 신지 발리에게 서효사를 발표하도록 시키셨느니라. 신지 발리는 배달의 대선인 발귀리를 본받은 훌륭한 학자이셨다. 자, 그러면 서효사를 한 글자, 한 글자 살펴보자."

대선인이 눈짓하자 백여우는 얼른 들고 있던 비단 두루마리를 펼쳤다. 거기에는 전서체로 쓰인 서효사 180자가 적혀 있었다.

"자, 다 같이 큰소리로 읽어보자."

誓效詞

臨深天聲俟桓新病明
世且開武終九代去発
赫宏始振莫動德発盡
神德詔詁古天下聲風者海
三樴承萬天歡草病四
地先雄邱王命蘇其怨孝
覓象遺壽歸尤娤其怨存仁
先出議起皆覓民先存
发因神尤娤儉水者心
朝桓諧黄淮王魚怨一

新南京鳳鄕精國隆神

羅其新乐德護七有事

咸控幸白安德陛業在

道韓主器者德朝王誠

冶番聖極鍾賴朝王誠

中左壁器混位平太平義說

國其四極密均保三莫爲

鎭保園鍾蘇均保三莫

韓韓岩秤較尾邦保廢

眞鬒嶪如秤首興永興

대선인의 제안에 따라 우리는 일제히 큰소리로 낭독했다.

조광선수지 삼신혁세림

환인출상선 수덕굉차심

제신의견웅 승조시개천

치우기청구 만고진무성

회대개귀왕 천하막능침

왕검수대명 환성동구환

어수민기소 초풍덕화신

원자선해원 병자선거병

일심존인효 사해진광명

진한진국중 치도함유신

모한보기좌 번한공기남

참암위사벽 성주행신경

여칭추극기 극기백아강

칭간소밀랑 추자안덕향

수미균평위 뇌덕호신정

흥방보태평 조강칠십국

영보삼한의 왕업유흥륭

흥폐막위설 성재사천신

우리가 읽기를 마치자 대선인은 아래와 같이 해석해주셨다.

아침햇빛 먼저 받는 이 땅에 삼신께서 밝게 세상에 임하셨고,

환인천제 먼저 법을 내셔서 덕을 심음에 크고도 깊사옵니다.

모든 신이 의논하여 환웅을 보내셔서 환인천제 조칙 받들어 처음으로 나라 여셨사옵니다.

치우 천황 청구에서 일어나 만고에 무용을 떨치셔서,

회수태산 모두 천황께 귀순하니 천하의 그 누구도 침범할 수 없었사옵니다.

단군 왕검 하늘의 명을 받으시니 기쁨의 소리 구환에 울려 퍼졌사옵니다.

"자, 여기까지는 우리 조선의 역사를 정리하는 내용이니라. 아침햇빛 먼저 받는 이 땅에 삼신께서 밝게 세상에 임하셨고 ― 이것은 하느님께서 광명으로 세상을 열었다는 말이고, 환인천제 먼저 법을 내셔서 덕을 심음에 크고도 깊사옵니다 ― 이것은 환국에 환인천제가 계셨음을 알려주는 말이니라. 모든 신이 의논하여 환웅을 보내셔서 환인천제 조칙 받들어 처음으로 나라 여셨사옵니다 ― 이것은 환웅천황이 신시에 배달국을 개천했다는 뜻이고, 치우 천황 청구에서 일어나 만고에 무용을 떨치셔서 ― 이것은 배달 18대 천황님들 중에서도 14대 치우 천황님 때 청구로 천도해서 대륙

을 다스렸다는 역사를 강조한 말이니라.”

치우 천황은 대륙을 통치하기 위해 신시에 있던 배달의 수도를 청구로 옮겼던 민족영웅이다. 치우 천황님 때부터 천자라는 칭호가 시작돼 단군 천자님들까지 계승되고 있다. 대선인의 강의는 이어졌다.

“회수태산 모두 천황께 귀순하니 천하의 그 누구도 침범할 수 없었사옵니다 — 이것은 치우 천황 때 배달의 영토가 흑룡강에서 양자강까지 이르렀다는 말이고, 단군 왕검 하늘의 명을 받으시니 기쁨의 소리 구환에 울려 퍼졌사옵니다 — 이것은 드디어 단군 왕검께서 조선을 세웠다는 뜻이니라.”

그렇다. 우리 조선은 환국과 배달의 대통을 이은 나라다. 우리 조선의 노래 ‘개천가’에도 나오지만 환인, 환웅, 단군이 바로 배달민족의 혼인 것이다. 대선인의 강의가 이어졌다.

물고기 물 만난 듯 백성들이 소생하고 풀잎에 부는 바람처럼 덕화가 새로워졌사옵니다.

원한 맺힌 자 원한 먼저 풀어주고 병든 자 먼저 낫게 하셨사옵니다.

일심으로 인과 효를 행하시니 사해에 광명이 넘치옵니다.

진한이 나라 안을 진정시키니 정치의 도는 모두 새로워졌사옵니다.

“이 문장들은 조선이 얼마나 잘 다스려졌는지 증명해주고 있는 것이니라. 여기서 주의사항은 진한을 환자로 이렇게도 쓴다는 점이다. 소리를 따라서 표기하다 보니 그렇게 된 것이니라."

대선인은 잠시 물을 마신 후 강의를 이어갔다.

모한은 왼쪽을 지키고 번한은 남쪽을 제압하옵니다.

깎아지른 바위가 사방 벽으로 둘러쌌는데 거룩하신 임금께서 새 서울에 행차하셨사옵니다.

"여기까지는 조선의 삼한관경제를 얘기하고 있느니라. 모한은 왼쪽을 지키고 번한은 남쪽을 제압하옵니다— 여기서 모한은 마한을 말한다. 소리를 따라 환자로 적다보니 마한을 모한으로도 쓴 것이니라. 이런 단점을 완전히 없앤 것이 바로 을보륵 선인이 창안한 가림토 문자인 것이다. 깎아지른 바위가 사방 벽으로 둘러쌌는데 거룩하신 임금께서 새 서울에 행차하셨사옵니다— 이것은 삼한관경제가 성공적인 통치방식이란 뜻이다. 즉 대단군이 통치하는 진한의 좌우로 부단군들이 통치하는 마한과 번한을 둔 것이니라."

여기서 대선인은 갑자기 지도를 펼치고 저울을 꺼내셨다.

"마지막 부분을 설명하려면 저울과 지도가 필요하다."

삼한 형세 저울대, 저울추, 저울판 같으니 저울판은 백아강이요
저울대는 소밀랑이요 저울추는 안덕향이라.
머리와 꼬리가 서로 균형을 이루니 그 덕에 힘입어 삼신정기 보
호하옵니다.

나라를 흥성케 하여 태평세월 보전하니 일흔 나라 조공하여 복종하였사옵니다.

길이 삼한관경제 보전해야 왕업이 흥하고 번성할 것이옵니다.

나라의 흥망을 말하지 말지니 천신님 섬기는 데 정성을 다하겠사옵니다.

"자, 지금부터 이 문장들을 설명하겠다."

대선인은 저울을 높이 드셨다.

"이 저울을 봐라. 삼한의 역할은 바로 이 저울에서 이해할 수 있다. 먼저 부단군이 통치하시는 마한은 무게를 잴 물건을 올려놓는 저울판에 비유될 수 있다. 크게 보면 변화가 있을 가능성도 없고 가장 믿을 수 있는 곳이니라. 대단군께서 직접 통치하시는 진한은 바로 저울 끈이다. 대단군께서 저울을 들고 계신 것이다. 문제는 추인 번한이다. 추의 위치는 예민한 것이다. 번한은 변화할 수밖에 없고 실제로 항상 변하고 있는 곳이다. 번한의 역할이 명확할 때, 즉 저울추의 위치가 정확할 때 저울은 안정되느니라."

대선인은 저울추를 저울 끈 쪽으로 이동시켰다. 그러자 저울이 기울어 저울판이 밑으로 축 처졌다.

"봐라. 저울추에 변화가 생기면 저울 전체의 안정이 무너진다. 삼한이 균형을 이루면 나라의 강성과 번영이 지속되지만 균형을 잃으면 나라의 존망 자체가 위기에 닥치게 되느니라."

양일병출

그날 밤 숙소로 갈색곰이 와서 나와 이윤과 말량을 불러내더니 유위자 대선인께 가보라고 말했다. 우리는 다시 수업 복장으로 갈아입고 객사로 갔다. 대선인은 어두운 호롱불 옆에 정좌하고 계셨다. 객사의 호롱불이 흔들림에 따라 우리 그림자도 함께 춤을 췄다. 우리가 절을 마치자 유위자 선인이 반가운 목소리로 말씀하셨다.

"어서 앉아라. 너희들이 주먹밥을 2개나 줬으니 나도 너희들에게 뭘 줘야겠는데……. 문제는 너희들이 받지 않겠다고 극구 사양했으니 다시 주기도 그렇고……."

우리는 앞 다퉈 사과드렸다.

"그 때는 정말로 죄송했습니다."

"지금이라도 주시면……."

"어서 주세요, 어르신."

대선인은 장난기가 가득한 눈으로 우리를 바라보셨다.

"하지만 이미 늦었다. 사람 일은 때를 놓치면 다 허사가 되느니라."

'그 때 그냥 받을 걸. 뭣인지는 모르지만 유위자 대선인이 주시는 건데…….'

우리는 후회가 막심했다.

"그 대신 질문을 한 가지씩 받아주마. 무엇이든 물어보려무나."

나는 가슴이 뛰었다. 드디어 내가 평생 궁금해 하던 질문을 대선인께 여쭤볼 기회가 온 것이었다.

"소생 우량이라고 합니다."

"너희들 이름은 이미 알고 있느니라. 우량, 이윤, 말량 아니냐?"

대선인은 우리를 한 명씩 가리켜가며 말씀하셨다.

"불초 소생들의 이름을 기억해주셔서 영광이옵니다."

우리가 이구동성으로 외치자 대선인께서 나를 바라보시고 물었다.

"그래, 우량 낭도는 무엇을 묻고 싶은고?"

"소생은 우주에 관심이 많사옵니다. 그래서 감성관이 되는 것이 꿈입니다."

"나이 열다섯이면 애가 아니다. 대련 대선인은 너보다 어렸을 때 번한에 건너가 치두남 부단군을 도와 천문대를 만들었다. 네 나이에 뜻을 뒀다 말하려면 이미 상당히 천문을 알고 있어야 한다. 그래 너는 무엇을 아느냐?"

"천문을 공부하다 보니 이 땅덩어리가 둥근 모양을 하고 있다는 믿음이 생겼습니다. 어르신께서는 어찌 생각하십니까?"

당돌한 내 질문을 들은 대선인은 무척 놀라셨다.

"아니, 어찌해서 그런 믿음을 갖게 됐느냐?"

나는 열심히 설명드렸고 대선인은 끝까지 경청하셨다.

"우량이는 타고난 천문관이니라! 너 같은 사람이 있다니 조선의 복이로다. 나중에 반드시 아사달의 감성관장이 될 것이니라."

"소생은 일단 아사달의 감성에 들어가기만 해도 좋겠습니다."

"그러면 주의사항이 하나 있다. 면접할 때 땅덩어리가 둥글다는 말은 절대로 하지 말거라. 그 말을 하면 감성에 들어갈 수가 없느니라."

"예에? 자기가 옳다고 믿는 바를 얘기하지 못한다는 말입니까?"

"어쩌겠느냐. 지금 감성의 수준이 그 정도밖에 안 되는 것을……. 눈이 하나 달린 원숭이들이 사는 숲에 가면 눈이 둘 달린 원숭이는 바보가 되는 것이니라."

칭찬을 마친 대선인께서는 옆에 놓여있던 커다란 바랑에서 가죽 두루마리를 꺼냈다. 거기에는 불로 지져 그린 그림이 있었다.

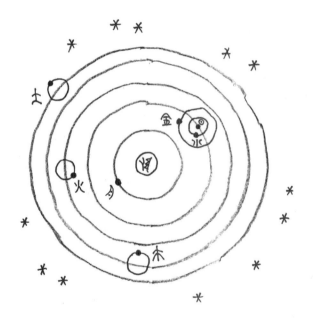

"이게 무엇인지 아느냐?"

'앗, 이건 우주의 모습 아닌가!'

나는 둥근 모습을 한 우주 그림을 처음 보고 무척 놀랐다.

"자부 대선인께서 직접 그리신 우주의 모습이다. 빈도가 이 경당 창고에서 찾아냈느니라. 빈도가 찾아내지 않았으면 없어질 뻔한 보물 중의 보물이지."

우리는 입을 다물지 못했다.

'아! 창고를 한 번 샅샅이 뒤져볼 걸……'

나는 뼈저리게 후회했다. 잠시 침묵 끝에 이윤이 물었다.

"다른 글자는 다 알겠는데 가운데 글자는 모르겠네요."

"그건 '땅 지'의 갑골문자다. 즉 가운데에 있는 둥근 것이 땅이다."

이번에는 말량이 물었다.

"그러면 이 땅이 정말 둥글다는 말인가요?"

"자부 대선인께서는 둥근 땅을 환자로 '지구'라고 이름을 지으셨다."

대선인은 옆에 있던 흰 천을 잡아당겨 펼치고 아래와 같이 쓰셨다.

地球

"자부 대선인께서 이렇게 소상히 그림까지 그리셨는데도 어리석은 사람들은 믿지 않았느니라. 심지어 천문관들도 믿지 않았지. 그래서 지구는 잊히고 이 소중한 그림은 경당 창고에서 썩고 있었던 것이니라."

입을 다물지 못하고 그림을 바라보는 나를 보고 대선인이 불쑥 말씀하셨다.

"우량이 너 이거 갖고 싶으냐?"

"예에? 소생이 어찌 감히 그런 보물을……."

"어차피 여기 경당에 있던 것이니 네가 가져라. 주먹밥 2개와 바꿨다고 하자. 그 대신 훌륭한 감성관이 돼야 하느니라."

대선인은 흔쾌히 두루마리를 둘둘 말아 내게 넘기셨다. 내가 차마 받지를 못하고 망설이자 이윤과 말량이 부추겼다.

"야, 어르신이 주시는데 얼른 받아."

"그래, 그것만 보여줘도 감성에 들어가겠다."

그래도 내가 받지를 아니하자 대선인이 말씀하셨다.

"어서 받아라. 너는 받을 자격이 있느니라. 이 하늘 아래 땅이 둥글다고 믿는 사람은 너와 빈도뿐이니까……."

나는 두 손으로 공손히 두루마리를 받았다. 이윤이 대선인께 여쭸다.

"아, 이것이 자부암에서 말씀하신 보물이로군요. 그런데 보물이 2개라고 말씀하신 것 같은데 다른 하나는 찾으셨나요?"

"또 하나는 조금 있다가 얘기하겠다. 그림에서 본 것처럼 지구를 가운데에 두고 하늘이 움직이므로 이 우주는 '천동우주'라고 하느니라."

대선인은 말씀하시면서 아래와 같이 쓰셨다.

天動宇宙

"지금 감성관 놈들은 옛날만 못하느니라. 조선 초기만 해도 천동우주에 바탕을 둬 월식 날짜도 맞출 수 있었다. 하지만 요즘 감성관 놈들은 아예 천동우주를 언급하는 것조차 용납하지 않는다고 들었느니라. 그래서 월식 예보도 못한다는 게다. 고정관념에 사로잡혀 다양한 의견을 들을 줄 모르는 그놈들을 빈도가 언제 단단히 혼내줄 작정이다. 우량이가 조선의 감성관장보다 낫느니라."

옆에 놓여 있던 물을 한 모금 마신 대선인이 말씀을 이으셨다.

"천문을 공부하다 보면 믿지 못할 기록들도 많단다. 아술 단군 때인 단기 349년의 일이다. 하늘에 해가 2개 떠서 사람들이 담처럼 늘어서서 큰 행렬을 이뤘다는 기록이 역사책에 있다. 즉 '양일병출'이라고 적혀 있느니라."

대선인은 양일병출이라고 환자로 적으셨다.

兩日並出

"너무 신기하옵니다."

"어떻게 하늘에 해가 2개 뜰 수 있사옵니까?"

"이거 믿어도 되는 것입니까?"

우리가 한마디씩 하자 대선인은 다시 바랑을 뒤적이더니 노란 비단천을 하나 꺼내셨다.

"당연히 믿어야지. 수많은 사람들이 담처럼 늘어서서 봤다고 하지 않느냐. 당시 그린 그림을 빈도가 하나 가지고 있지."

그 그림에는 하늘에 두 개의 해가 떠 있는 모습이 그려져 있었다.

"그림의 글씨가 전서체인 것으로 봐 감성에서 옛날 그림을 다시 새로 그린 것이 확실하다. 자, 우량이를 위한 천문 얘기는 여기까지다. 이 정도면 주먹밥 2개 값은 되겠느냐?"

"어르신, 이 가르침 백골난망이옵니다. 소생은 대선인 어르신의 제자가 돼 천문을 더 배우고 싶습니다."

"허어, 나중에 보자. 너는 성이 우고 이름이 량이냐?"

"아니오, 성이 없이 그냥 우량이옵니다."

이번에는 대선인이 이윤에게 물으셨다.

"그러면 너는 성이 이고 이름이 윤이냐?"

"아닙니다! 우량이처럼 이윤이 이름입니다!"

"소생도 이름이 말량이옵니다."

"그럼 이윤이 네가 너희 셋 이름을 써봐라."

이윤이 대표로 우리 이름을 전서체로 정성스럽게 써내려갔다.

君亮象良
伊于末

"이윤이는 글씨도 잘 쓰는구나. 서체가 능히 표본이 되고도 남겠다."

유위자 대선인은 밤늦도록 이윤과 말량에게도 여러 가지 가르침을 주셨다.

마침내 가르침이 끝나자 내가 조심스럽게 여쭸다.

"아직 두 번째 보물에 대해 말씀하시지 않으셨습니다."

"참, 그렇구나. 빈도가 말하는 두 번째 보물은 바둑판이니라. 자부 대선인께서 직접 두시던 것이지. 낮에 잠깐 경당을 둘러보니 그 귀한 바둑판을 화분 받침대로 쓰고 있었다. 바둑알은 물론 모두 없어졌고……. 말량아, 저쪽 구석에 있는 저 바둑판을 가지고 오너라."

말량이 벌떡 일어나 바둑판을 가지고 왔다. 바둑판의 오랜 연륜이 한눈에 느껴졌다. 대선인은 바둑판 위에 오른손을 올려놓고 만감이 교차하는 표정을 지으셨다.

"가만 있자, 자부라면……. 혹시 배달국 시대 자부 대선인을 말씀하는 것입니까?"

"맞았다. 치우 천자와 함께 도와 천하를 도모했던 바로 그 분이지."

나는 너무 놀라 입을 다물지 못했다.

"그렇다면 보물 중의 보물 아닙니까? 그런데 어떻게 삼청궁 창고 속에서 썩고 있었는지……."

"그야 아무도 바둑을 두지 않으니 그렇지. 바둑은 태호복희 왕께서 창안한 도로서 모든 국자랑 낭도들이 배워야 하느니라. 빈도가 국자랑 태사부였을 때 반드시 바둑을 가르치라고 주문했었는데 흐지부지된 모양이다. 옛날 배달국 시절에는 바둑을 못 두면 아예 대접을 받지 못했다. 옛날 자부 대선인께서는 틀림없이 이 바둑판으로 태호복희 왕의 하도를 설명했을 것이니라."

"어르신, 하도가 무엇이옵니까?"

내가 묻자 대선인은 하품을 하셨다.

"하도는 오래 공부해야 깨달을 수 있는 우주다. 이제 밤이 늦었으니 모두 그만 돌아가라. 빈도가 피곤하구나."

우리가 일어나 절을 드리자 대선인이 즐거운 목소리로 외치셨다.

"허허, 오늘 젊은 낭도들을 만나 빈도도 새로 느낀 것이 많도다! 내일 다른 낭도들도 모두 면담해봐야겠다."

뜻밖의 연회

다음 날 오후부터 밤까지 유위자 대선인께서는 삼청궁 경당의 모든 국자랑 낭도들을 면담해주셨다. 다른 낭도들이 밤늦게 면담을 하고 있는 동안 이윤과 말량과 나는 내 방에 모여 얘기보따리를 풀고 있었다.

"나는 왕검 대단군, 웅백다 부단군, 치두남 부단군 이 세 분이 제일 부러워. 이 거대한 조선을 세우고 세 친구가 사이좋게 삼한을 하나씩 통치하다니 얼마나 팔자가 좋으냐. 나라가 배달에서 조선으로 바뀌고 삼한관경제에 따라 삼한으로 나뉜 것도 결국 그 세 분을 위한 하늘의 배려인 것 같아."

이윤이 말하자 내가 받았다.

"배달국 초기 2세 거불리 천황 시절 풍백 해달, 우사 진예, 운사 치우 세 친구 얘기도 유명하잖아. 제후는 아니었지만 동시에 풍백 · 우사 · 운사를 지냈대. 우리 셋도 나중에 그런 분들처럼 될 수는 없을까?"

그러자 말량이 분위기를 깼다.

"꿈 깨라. 당장 경당을 졸업하면 놀게 될 텐데……."

이윤이도 거들었다.

"이 화하족보고 그 높은 자리에 올라가라고?"

"유위자 어르신께서 화하족 출신 보현도 우사가 됐다고 말씀하셨잖아. 그리고 이윤이 너 똑똑하다고 소문났잖아. 너는 뭐가 돼도 될 거야. 걱정 접어."

"똑똑하기는 개뿔, 서효사나 외워대면 뭐하냐. 그게 밥 먹여주는 것도 아니고……. 야, 말량아. 너는 우리 기수 중에서 가장 무예가 뛰어나잖니. 너는 무관학교에 들어가 나중에 장군이 돼서 삼한을 지켜야지."

이윤이 위로하자 말량이 내뱉듯 말했다.

"무관학교에 누가 뽑아준대?"

"무슨 소리야. 예를 들어 활을 백발백중 과녁에 맞춰봐. 어떻게 너를 떨어트리겠니?"

졸업을 앞둔 국자랑들이 대부분 그렇듯이 우리 셋도 결국 불안한 미래를 얘기할 수밖에 없었다.

"우량이 너는 아사달에 가서 무난히 감성관이 될 거야. 일단 한 명이라도 잘 돼야지."

이윤이 말하자 말량이도 맞장구쳤다.

"우량이야 유위자 대선인께서 그렇게 칭찬할 정도니 최소한 여기 안덕향의 번한 천문대 자리는 보장됐다고 봐야지."

나는 친구들의 말을 부정하지 않았다. 당시 나는 아사달 어떤 감성관보다도 천문을 잘 안다고 자부했고 그 실력으로 어떤 자리든 갈 수 있다는 자신에 가득 차 있었다. 갑자기 이윤이 솔깃한 제안을 했다.

"우리 식당에 가서 술이나 한잔할래? 내가 안주 만들게."

이윤의 요리 솜씨는 삼청궁에서 유명했다. 그런 이윤이 안주를 만들어준다니 말량이와 내가 반대할 이유가 없었다.

"하지만 갈색곰에게 걸리면……."

말량이 입맛을 다시며 불안한 듯 말하자 나도 맞장구쳤다.

"아무리 말년 낭도라고 해도 안 봐주실 거야."

이윤이 안심시켰다.

"걱정 마. 지금 교관님들 모두 대선인 낭도 면담에 배석하고 계셔. 이제 막 시작했으니까 한동안 식당으로 안 오실 거야. 먹고 깨끗이 설거지하면 누가 아냐."

의기가 투합된 우리는 식당으로 가 안주를 만들고 술을 꺼내 먹었다. 국자랑들은 한 달에 한 번씩 단체로 술을 먹었는데 그 이유는 음주가무도 교육으로 여겨졌기 때문이었다. 평소에는 음주가 철저하게 금지돼 있었기 때문에 우리는 최대한 소리를 내지 않으며 어두운 호롱불 아래서 홀짝홀짝 들이켰다. 그런데 갑자기 식당 문이 열리더니 유위자 대선인과 교관들이 식당으로 들어오는 것이 아닌가!

"유량 낭도, 이윤 낭도, 말량 낭도! 너희 셋 여기서 뭐해!"

우리를 발견한 갈색곰 교관의 불호령이 떨어졌다.

'아이고, 제대로 걸렸다.'

우리 셋은 자리에서 벌떡 일어났다.

"이윤 낭도, 이게 다 뭐야?"

갈색곰이 눈을 부라리며 묻자 이윤이 말을 더듬으며 답했다.

"유, 유위자 대선인 어르신을 직접 봬서 너, 너무 행복해 한잔 했습니다."

대선인이 식탁으로 다가오며 물으셨다.

"이 꿩 요리 누가 만든 게냐?"

이윤이 기어들어가는 목소리로 답했다.

"소, 소생이 만들었습니다."

"이름이 이윤이었지? 이거 네가 만들었다고?"

"예, 그렇습니다."

대선인은 꿩 다리를 한 번 뜯고는 눈을 감은 채 음미하셨다.

"야! 이렇게 맛있는 꿩 요리는 처음 먹어보느니라. 이윤아, 꿩고기 더 있느냐?"

"예에, 내일 점심 식사 때 먹을 꿩고기가 주방에 있습니다."

"그래? 그럼 큰 걸로 한 마리 요리해 가지고 오너라. 우리 모두 그걸 안주로 한잔하자. 아, 맛있다!"

이윤이 주방으로 가자 교관들은 난감한 표정을 지었다.

"스승님, 교육적으로……."

백여우가 입을 떼자마자 대선인께서 틀어막으셨다.

"교육? 낭도가 잘 하는 걸 칭찬해주고 더 잘하게 만드는 게 교육이니라. 그러니 이윤에게 요리를 더 시켜야지. 자, 모두 보고만 있지 말고 이리 와서 같이 한잔하자니까.”

“스승님, 낭도들은 밤에 술을 먹으면 안 됩니다.”

“너 말 잘했다. 너도 낭도 때 밤에 술 먹다가 빈도한테 여러 번 걸렸잖아.”

“스승님, 제자들 앞에서 그런 얘기를 하시면 어떻게 합니까!”

“그것뿐이냐, 수파문은 경당까지 여자들이 찾아와서…….”

갈색곰이 두 손을 내저으며 대선인의 말을 가로막았다.

“스, 스승님, 말씀은 이제 그만 하시고…… 어, 어서 한 잔 받으시지요. 제가 따라 올리겠습니다.”

대선인은 잔을 내밀며 말씀하셨다.

“진작 그럴 것이지. 자, 모두 잔을 채우게.”

교관들은 서둘러 서로서로 술잔들을 채웠다. 웃음을 참으며 서 있던 우리를 보고 대선인께서 한쪽 눈을 찡긋하시며 잔을 내밀었다.

“우량아, 말량아, 너희들도 같이 건배해야지. 이리 앉아라.”

“저, 저희는 괜찮습니다. 교, 교관님들과 드십시오.”

“저희는 많이 먹었습니다. 이제 막 가려던 참이었습니다.”

말량이와 내가 자리를 피하려 하자 대선인께서 막으셨다.

“아니다. 너희가 대풍산에서 빈도에게 주먹밥을 줬잖니. 그러니 빈도도 뭘 줘야 할 것 아니냐. 이 꿩고기로 주먹밥과 퉁 치도록 하자. 어서 잔을 들어라.”

'대선인 어르신 정말 웃기신다. 꿩이 자기 건가.'

우리가 눈치를 보며 자리에 앉아 잔을 들자 대선인이 직접 따라 주셨다. 교관들은 못마땅한 눈으로 우리를 쳐다봤다.

"스승과 제자가 이렇게 같이 술 먹는 것이 가장 훌륭한 교육이니라. 사제동행이라고도 하지. 자, 모두 삼청동 경당을 위하여 건배!"

건배가 끝나자 대선인은 갈색곰을 보고 말씀하셨다.

"수파문아, 노래 한 곡 불러봐라."

"예? 노래요?"

"애창곡 있잖아. 배달국 치우 천자 시대 군가 말일세."

'아니, 갈색곰이 노래도 불러? 와, 오늘 너무 재미있다.'

우리는 기대에 찬 눈으로 수파문 교관을 바라봤다. 갈색곰은 일어서서 엄숙한 표정을 짓더니 군가를 부르기 시작했다.

배달의 젊은이여,

천손의 나라를 지키자.

눈보라 몰아치고

태풍이 길을 막아도,

흑룡강에서 양자강까지

그 어딘들 가지 못하리.

오늘밤도 별빛 아래

천자의 명을 따라 가노라.

노래가 끝나자 우레와 같은 박수 소리와 함께 동기 낭도들이 식당으로 쏟아져 들어왔다.

"와, 교관님 노래하는 것 처음 봅니다!"

"교관님, 저희도 한잔 주세요!"

이윤이 요리하다말고 주방에서 내다보자 백여우가 외쳤다.

"이윤아, 미안하지만 거기 있는 꿩고기 모두 요리해 오너라! 오늘은 네가 고생 좀 해야겠다!"

그 말을 들은 낭도들의 만세 소리가 식당이 무너질 듯 울렸다.

"그 대신 내일 점심은 없다!"

백여우가 외치자 낭도들은 일제히 대답했다.

"예에!"

갈색곰이 나직한 목소리로 투덜거렸다.

"경당을 개판으로 만들어놓고 떠나시네."

"예에? 대선인 어르신께서 떠나시나요?"

내가 묻자 갈색곰이 나직하게 말했다.

"모레 오후에 묘향산으로 떠나신단다."

나는 못내 서운해 대선인을 바라봤다. 대선인은 즐거운 표정으로 술잔을 들이켜고 계셨다.

'옆에 계시기만 해도 모두 즐거워한다. 저런 분에게 학문을 배워봤으면……. 하루라도 더 계시면 안 되나.'

말량과 나는 주방으로 이윤을 도와주러 갔다.

환국

다음 날 오후 유위자 대선인께서 환국에 대해 강의해주셨다.

"태초 암흑 속에서 오직 한 빛이 있어 밝았으니 곧 하느님, 우주의 본체 모습이었다. 하느님은 처음부터 계셨고 영원히 계신 분이니라. 하느님이 세상을 만들어갈 때에는 삼신의 모습으로 일을 하셨으니 즉 천일·지일·태일이다. 천일은 하늘, 지일은 땅, 태일은 사람을 말한다. 삼신으로 나누어도 우주의 본체인 하느님은 변치 않는다. 천부경의 '석삼극무진본'이란 곧 이를 말하는 것이니라. 어, 아직도 어젯밤 술이 깨지 않았나……."

대선인께서 물을 한 모금 마시더니 강의를 이어나가셨다.

"……삼신이 하늘과 땅에 기를 불어넣어 나반이라는 남자와 아만이라는 여자를 탄생시켰느니라. 나반과 아만의 자손은 5색족, 즉 황인종·백인종·흑인종·적인종·남인종으로 나뉘었다. 인간들은 풀로 옷을 만들어 입었고 나무 열매를 따먹으며 굴속에 살았느니라. 5색족들은 번성해 작게는 씨족을 이루고 크게는 부족을 이루었지……."

우리는 숨을 죽이고 강의를 경청했다.

"……그러니까 환국이 세워진 지 5400년이 됐다. 첫 안파견 환인의 형제 9명이 모두 황제가 되어 64개 민족을 다스렸다. 환국 시절에는 모든 부족이 유목민 생활을 했느니라. 유목민들은 천산과 천해가 있는 곳을 중심으로 마치 북극성을 중심으로 북두칠성이 회전하듯 이동하며 살았다. 환인께서는 북극성 위치에 계시면서 대부족장 회의를 주재하셨느니라. 따라서 12개의 나라들이 있었다고 하지만 사실 나라다운 나라는 없었느니라. 왜냐하면 유목민들은 통제가 되지 않았기 때문이었다. 유목민들은 나라가 마음에 들지 않으면 양떼를 몰고 떠나버렸던 것이다."

여기서 대선인은 이윤을 흘끗 보시더니 말씀하셨다.

"환국 시대에는 인종에 따른 차별대우도 없었다. 능력이 있으면 누구나 부족장이나 대부족장 밑에 들어가 일할 수 있었다. 능력을 인정 못 받는 경우에는 떠나면 그뿐이었다. 이제 많은 나라들이 농경국가로 정착해 가는 단계여서 부족 사이의 차별이 심해지고 있느니라. 배달족이라고 모두 천손인 것은 아니니라. 그리고 우리 배달족들은 지손들을 천손으로 교화시키는 일에 최선을 다하지 않으면 안 된다. 이것이 배달의 개국이념 홍익인 것이다. 그런 관점에서 보면 조선의 국자랑이 된 화하족 이윤 낭도는 훌륭한 천손이니라……"

'이윤의 입지를 배려한 말씀이로구나. 정말 훌륭한 어르신이다.'

"……환인들께서는 하느님께 제사를 지내시면서 12개 나라를 순리대로 다스리셨다. 대부족장들이 통치하던 12개의 제후국 이름은 비리국·양운국·구막한국·구다천국·일군국·우루국·객현한국·구모액국·수밀이국·매구여국·사납아국·선비국 등이었느니라. 알다시피 이 중 절반 가까이 지금도 조선의 제후국으로 있느니라. 환인께서는 직접 백성들과 동고동락하시며 병에 걸린 자를 치료해 주고 약한 자를 도와주셨다. 환국은 7대에 걸쳐, 즉 안파견, 혁서, 고시리, 주우양, 석제임, 구을리, 지위리 환인들에 의해 3301년간 통치됐다. 이 중 일부는 집안의 이름이니라. 환국의 영역은 동서 2만 리, 남북 5만 리에 걸쳤느니라."

한 낭도가 손을 들고 허락을 얻어 질문했다.

"대선인 어르신, 소생은 어떻게 2만 리, 5만 리 거리를 쟀는지 그것이 궁금하옵니다. 2천 리, 5천 리라면 몰라도 그렇게 먼 거리를 어떻게 알았단 말입니까?"

대선인께서는 미소를 머금고 대답하셨다.

"좋은 질문이니라. 갑골문자 기록에 그렇게 남아있을 뿐이지 사실 정확한 거리로 보기는 어렵다. 환국이란 그냥 넓은 땅을 일컫는 말이라고 생각하면 된다. 환인이 계시던 천산에서 비리국까지는 말을 타고 달려 200일이 걸리고 비리국 북쪽에 있는 양운국까지는 50일이 걸렸다고 전하느니라. 양운국에서 동쪽 땅 끝 바닷가에 있는 구막한국까지는 다시 100일이 걸리고 북쪽 땅 끝에 있던 일군국까지는 50일이 추가됐다고 하니 2만 리, 5만 리가 아주 과장된 것은 아니라고 본다."

답변을 마친 대선인은 배달국에 대해 강의를 시작하셨다.

"……환국의 마지막 지위리 환인 때 인구는 불어나고 산물은 적어서 사람들이 생활하기가 어려워졌다. 서자부 대인 환웅이 이를 알고 환국에서 내려가 지상에 광명세계를 열고자 지위리 환인에게 주청했느니라. 그러자 환인은 천부 3개, 즉 하늘의 뜻을 받는 거울, 하늘의 뜻을 세상에 전하는 방울, 백성을 통치하는 검을 환웅에게 주며 천손 3천을 배정하셨다. 그리하여 거발환 환웅께서 풍백·우사·운사 세 신하와 3천 명을 거느리고 백두산 신단수로 내려오셨으니 이것이 개천이니라. 그리하여 신시에 도읍을 정하셨는데 이것은 유목민들이 농사를 지으며 정착하는 계기가 됐다. 이런 식으로 나라다운 나라들이 태어나고 통치자의 권위가 점점 커진 것이니라. 하지만 아직도 번한 너머 서토에 사는 사람들은 유목민이 대부분이다…….”

다른 낭도가 다시 손을 들고 허락을 얻어 질문했다.

“환국은 배달족의 역사입니까? 예를 들어 화하족은 환국과 아무런 상관이 없는 것입니까?”

“그것 역시 좋은 질문이다. 환국은 워낙 영역이 넓어서 우리 배달족만의 역사라고 말할 수는 없느니라. 예를 들면 환웅처럼 반고도 공공·유소·유묘·유수라는 신하를 데리고 삼위산으로 내려와 화하족 나라를 세웠다. 따라서 화하족도 환국이 자기 역사의 뿌리라고 주장할 근거가 있는 것이다. 이처럼 환국은 우리 배달국뿐 아니라 모든 나라의 원류가 됐다. 정확히 이름이 알려진 제후국만 해도 12개나 있었지 않느냐. 환국에서 만들어진 환국문자,

환자도 널리 퍼져있다. 환국문자는 쉬운 그림으로 나타내졌기 때문에 백성들이 녹도문자보다 더 좋아했다……."

'삼위산? 거기도 언젠가 가보고 싶구나.'

"……순수한 우리 배달족의 역사는 배달국 개천에서 시작됐다고 봐야 하느니라. 첫 환웅 거발환께서 내려온 그 날을 '하늘이 열린 날'이라고 보는 것이다. 풍백·우사·운사는 천부를 하나씩 맡은 고위관리로 환웅 행차 때 풍백은 거울을 들고 우사는 방울을 울렸으며 운사는 1백 명의 무사와 함께 검으로 거발환을 호위했다. 또한 풍백·우사·운사 밑에서 주곡·주명·주형·주병·주선악 등 5명의 관리가 360가지 법을 가지고 백성을 다스렸다. 백성은 살아도 일 같은 것을 모르고, 걸어도 특별한 목적지가 없었으니, 길을 가되 한없이 편안했고 물건을 보되 담담했다. 장이 서면 필요한 물건을 교환했다. 먹을 것을 모아 놓고 배를 두드리며 놀고 궁핍함을 몰랐다. 거발환 환웅이 천손을 이끌고 백두산에 처음 내려왔을 때 호랑이 부족과 곰 부족 같은 지손들이 있었다. 이들은 배달국의 백성이 돼 천손이 되기를 간청했다. 이에 천황은 그들에게 햇빛을 보지 말고 수양을 닦으면 받아들이겠노라 말했다. 두 부족은 천황이 준 신령한 쑥과 달래를 먹으며 수양을 했다. 하지만 호랑이 부족은 참지 못하고 중간에 뛰쳐나갔고 곰 부족은 고통을 이겨냈다. 천황은 곰 부족의 여왕, 웅녀군을 황후로 맞이하게 된 것이니라."

내가 손을 들고 허락을 얻어 질문했다.

"대선인 어르신, 소생은 내륙으로 들어갈수록 땅이 척박하고 겨울 날씨가 추운 것으로 알고 있습니다. 근본적으로 어찌하여 환인께서 그곳에 자리를 잡게 됐는지 궁금하기 짝이 없습니다. 곡식과 어물이 풍부한 따뜻한 바닷가를 놔두고……."

"바로 자부 대선인께서 그 질문에 대해 의아하게 생각하셨다고 전한다. 빈도가 볼 때도 천산 일대는 농경민 입장에서는 결코 좋은 땅이 아니다. 빈도가 몇 년 거처하며 아득한 옛날 그곳의 기후가 꽤 따뜻했다고 들었느니라……."

염표문

다음 날 수업이 시작되자 백여우가 말했다.

"대사부님은 이 강론을 끝으로 우리 삼청궁을 떠나실 것이다."

낭도들은 이 말을 듣고 적이 놀랐다. 백여우는 염표문이 적힌 흰 비단을 앞에 걸었다.

天以玄默爲大　其道也普圓　其事也眞

地以蓄藏爲大　其道也效圓　其事也勤

大圓一
爲擇協
能也也
知道事
入以其其

故
一　惠
性神開明
在通光化
永世理間
　益人

"유위자 대사부님은 염표문을 지으신 분이다. 염표문은 11대 도해 단군께서 선포하신 글로서 '마음을 드러낸 글', 즉 마음에 아로새긴 진리를 생활화해 진정한 천손이 되라는 의미를 지닌 글이다. 너희들은 대사부님께 서효사에 이어 염표문도 직접 배우는 영광을 누리게 됐다."

대선인께서 입을 여셨다.

"아사달 경당에서는 매일 아침 염표문을 외우고 하루를 시작하느니라. 너희들도 그래야 할 것이다. 배달국의 '재세이화 홍익인간' 정신에다가 천·지·인의 역할을 첨가해 총 65자로 만들었다.
자, 다 같이 읽어 보거라."

　대선인의 말이 떨어지기가 무섭게 우리는 큰 소리로 환자를 읽
어 내려갔다.

　천
　이현묵위대
　기도야보원
　기사야진일

　지
　이축장위대
　기도야효원
　기사야근일

　인
　이지능위대
　기도야택원
　기사야협일

　고

일신강충

성통광명

재세이화

홍익인간

우리가 읽기를 마치자 대선인은 아래와 같이 해석해주셨다.

하늘은 아득하고 고요함으로 광대하니

하늘의 도는 두루 미치어 원만하고

그 하는 일은 참됨으로 만물을 하나 되게 함이니라.

땅은 하늘의 모든 기운을 축장하여 만물을 자라게 함으로 위대
하니

땅의 도는 하늘의 도를 본받아 원만하고

그 하는 일은 쉼 없이 길러 만물을 하나 되게 함이니라.

사람은 지혜와 능력이 있어 위대하니

사람의 도는 하늘과 땅의 도를 선택하여 원만하고

그 하는 일은 서로 협력하여 하늘과 땅의 이상을 실현하는 데 있
느니라.

그러므로 삼신께서 참마음을 내려 주셔서

사람의 성품은 삼신의 대광명에 통해 있으니

삼신의 가르침으로 세상을 다스리고 교화하여 인간을 널리 이롭게 하라.

해석을 마친 대선인은 강론을 이어가셨다.

"우리 조선의 근본은 하늘이다. 우리 조선만큼 하늘을 숭앙하는 나라가 어디 있겠느냐. 그래서 우리 스스로를 '천손', 즉 '하늘의 자손'이라 부른다. 천손이 무엇이냐? 하늘의 뜻에 따라 살아가는 사람들이다. 그런데 하늘의 뜻을 알아야 따를 것 아니냐? 하늘의 뜻을 따르려면 우리 조선 사람들은 공부를 해야 하느니라. 바로 그 점에서 천손은 지손들과 구분되는 것이다. 하늘의 섭리를 공부하고 실천에 옮기려고 노력하는 정신이 우리 조선의 역사를 지켜왔다는 말이다. 이상은 옛날 자부 대선인께서 하신 말씀이다. 너희들도 꼭 기억하기 바란다."

"자부선인께서 얘기하시는 정신은 선민사상입니까?"

이윤이 질문하자 대선인께서 답하셨다.

"천손사상은 당연히 선민사상이다. 거발환 환웅이 풍백 · 우사 · 운사 세 신하와 3천 명의 천손을 거느리고 백두산 신단수 아래로 내려왔으니 이것이 배달국의 개국, 즉 '개천'의 모습이다. 백두산에 살던 호랑이 부족과 곰 부족 같은 지손은 환웅에게 천손이 되고 싶다고 간청했다. 환웅이 쑥과 달래를 먹으며 수양할 것을 요구하자 호랑이 부족은 중간에 포기했고 곰 부족만 이겨냈느니라. 그리하여 환웅은 곰 부족의 여왕을 아내로 맞이했던 것이다. 이것이 바로 천손이 지손을 교화하는, 즉 세상을 널리 이롭게 한다는 배달국의 개국이념 '홍익'이다……."

대선인의 강론은 진지하게 계속 이어졌다.

"……한마디로, 우리 조선은 하늘을 빼면 설명이 되지 않는 나라다. 조선의 모든 문제는 하늘을 바로 알면 모두 해결될 수 있느니라. 즉 하늘에 길을 물어보면 된다 이 말이다. 우주의 대광명 중심에 하느님이 계시다. 태곳적부터 환인·환웅·단군 삼성은 천제를 통해 하느님의 성령을 내려 받아 세상을 다스려 왔다. 그러므로 천손은 자연스럽게 천지와 하나가 돼 영성적인 삶을 누리게 되는 것이다. 즉 우리 배달족의 가장 높은 가치는 신교에 바탕을 둔 영성에 있다. 한마디로 얼을 소중히 여기는 민족이라는 말이다……."

2부

유목민이 되다

유
목
민
이

되
다

유위자 대선인께서 묘향산으로 떠나셨다. 우리는 며칠 후 북토의 몽골로
수학여행을 떠났는데 이는 졸업을 앞둔 국자랑 낭도들이 이수해야 할 마
지막 과정이었다. 말이 여행이지 내용은 군사훈련과 비슷해서 대부분 말을
타고 이동하는 것이었다. 몽골의 사막은 대부분은 건조한 초원지대였다.
거친 풀로 뒤덮인 언덕들이 지평선 너머까지 끝없이 펼쳐졌다…….

수학여행

　삼청궁을 떠난 지 4일째 우리는 몽골의 넓은 사막지대에 도착했다. 아름다운 저녁 놀 속에서 말들이 풀을 뜯는 동안 우리는 마른 고기로 끼니를 때웠다. 이윽고 땅거미가 내리자 하늘에는 별들이 은가루를 뿌려놓은 것처럼 빛나기 시작했다. 이윤과 말량과 나는 나란히 누워 밤하늘을 올려다봤다. 달이 없는 밤이어서 사방은 칠흑처럼 어두웠고 은하수가 웅대한 모습을 드러냈다. 밝은 별똥들이 꼬리를 그리며 무수히 떨어졌다. 이윤이 감탄해 외쳤다.

　"야, 사막이라 그런지 별이 더 많은 것 같다!"

　"저렇게 밝은 은하수는 처음 본다!"

　나도 감탄해 외치자 말량이 물었다.

　"어느 게 은하수냐?"

　"여기 뿌옇고 길게 빛나는 게 은하수잖아."

　나는 팔을 뻗어 손가락으로 은하수를 가리켰다.

　"저 뿌연 것이 은하수라고? 구름이잖아."

　"말량아, 구름에 별들이 어떻게 박혀 있냐? 별들이 구름보다 더 먼데."

　"그렇구나! 자세히 보니 별들이 구름에 잔뜩 박혀있네!"

　"이제 확실히 알았냐?"

　"응, 그런데 은하수는 진짜 물인가? 그럼 어느 날 갑자기 저 은

하수의 엄청난 물이 땅으로 한꺼번에 떨어지면 어떻게 되지?"

내가 대답을 하지 않자 이윤이 끼어들었다.

"그야 대홍수가 나겠지. 옛날 우나라 순왕 때 9년 홍수처럼."

"말도 안 되는 소리 하지 마라. 그럼 순왕 때 은하수가 없어졌단 말이야?"

내가 면박을 주자 이윤이 꼬리를 내렸다.

"혹시 아니? 은하수 물이 쏟아지면 다시 새로운 물로 채워질 지……."

"어쨌든 9년 홍수가 일어나는 바람에 우왕이 하나라를 세우게 됐지."

내가 답하자 이윤이 말을 이었다.

"그렇게 세워진 하나라가 지금 개판이란다."

"개판?"

"지금 하나라 왕이 누군지 알아?"

"걸왕인가?"

"맞아. 그 놈의 횡포가 이만저만이 아니래. 얼마나 괴롭히는지 견디지 못한 백성들이 하나둘씩 하나라를 떠나고 있대."

꼬리가 유난히 긴 유성 하나가 온 하늘을 가르며 떨어졌다. 말량이 혼자 중얼거리듯 말했다.

"저런, 훌륭한 분이 돌아가셨나보다……."

다시 3일 동안 말을 달렸다. 오후 늦게 우리는 어느 유목민 마을에 도착했다. 마을 주위 초원에서는 엄청나게 많은 양들이 풀을 뜯느라 정신이 없었다. 온도가 많이 떨어져 바람이 시원하게 느껴졌다. 마을 중앙 부분에 도착하자 수백 명의 마을 사람들이 우리를 환영하기 위해 모여들었다. 우리는 백여우의 지시대로 오와 열을 맞춰서 풀밭에 정렬했다. 그러자 갈색곰이 한 노인을 모시고 왔다.

"이 분은 부족장님이시다. 모두 예를 표한다. 경례!"

우리는 모두 오른손을 왼쪽 가슴에 대고 경례했다.

"국자랑 여러분, 우리 부족은 여러분을 환영합니다!"

부족장은 친절한 목소리로 입을 열었다. 약간 발음이 이상했지만 그는 우리 조선말을 잘했다. 우리를 에워싼 마을 사람들도 남녀노소 모두 박수와 함성으로 우리를 환영했다. 부족장의 인사는 이어졌다.

"여기는 몽골국입니다. 번한 바로 밖의 제후국이지요. 해마다 국자랑 여러분이 수학여행 올 때마다 우리는 여러분을 반갑게 맞았습니다. 유목민들은 바뀌지만 저는 여기 살기 때문에 여러분 선배들을 지난 수십 년 동안 만났습니다. 하지만 삼청궁 경당 여러분의 방문이 올해가 마지막이라니 섭섭하기 짝이 없습니다. 일단 모두 편히 앉으세요."

우리가 자리에 앉자 마을 사람들도 따라 앉았다. 부족장은 몽골국의 역사에 대해 설명하기 시작했는데 우리는 물론 마을 사람들도 열심히 경청했다.

"……즉 4대 오사구 단군의 동생 오사달이라는 분이 첫 몽고리한으로 임명돼 오셨습니다. 오사달 몽고리한이 세우신 나라가 우리 몽골국이지요. 우리 몽골국은 조선의 제후국이고 우리 역시 삼한의 백성입니다. 단군 천자는 우리의 신이십니다……."

마침내 약간은 지루했던 몽골국 역사 설명이 끝났다.

"자, 그럼 국자랑 여러분. 그러면 지금부터 우리 부족민들과 함께 어울려 불에 구운 양고기와 술을 마음껏 마시고 즐기세요. 그리고 커다란 양털 천막을 두 개 비워 놓았으니 거기서 주무시도록 하세요. 여러분이 오시는 날이 바로 우리 부족의 축제날입니다!"

부족장의 인사가 끝나자 우레와 같은 함성이 마을을 덮었다. 부족민들은 말 경주대회를 열고, 연을 날리고, 윷놀이를 하며 즐겁게 놀았다. 저녁이 되자 수십 개의 횃불이 어둠을 밝혔다. 커다란 돌판들이 여기저기 불에 달궈졌고 마을 여자들이 요리한 양고기를 가지고 와 굽기 시작했다. 우리 국자랑들은 마을 사람들과 하나가 돼 돌판 주위에 둘러앉았다. 이윤과 말량과 나는 또래 마을 젊은이들과 합석하게 됐다.

한참 술을 주거니 받거니 하고 있는데 부족장이 술잔을 들고 우리 돌판 쪽으로 왔다.

"여기는 국자랑 세 분이 앉아계시구먼. 자, 건배합시다."

부족장은 나와 이윤 사이에 앉으며 건배를 제안했다.

건배가 끝나자 내가 부족장에게 물었다.

"소생은 우량이라 하옵니다. 부족장 어르신, 궁금한 게 많은데 여쭤 봐도 되겠습니까?"

"오호, 우량 낭도. 뭐든지 물어보시오. 이 늙은이가 아는 질문이면 다 대답하겠소."

"부족장 어르신, 제가 손자뻘 되니 편하게 말씀하세요. 어르신은 이 세상 어디까지 가보셨습니까?"

"어디까지라니?"

"북쪽에 있는 천해는 가보셨습니까?"

"당연하지. 유목을 하다 보니 여러 번 가봤지. 여러분이 이번에 이동한 만큼 북쪽으로 더 가면 천해가 나와."

"아, 생각보다 가깝네요. 소생은 천해가 북쪽 땅 끄트머리에 있는 줄 알았습니다. 그럼 서쪽으로는 어디까지 가보셨습니까?"

"유목민 생활을 하다 보면 서쪽으로는 알타이 산맥 아래까지는 늘 간다고 봐야지."

"그럼 알타이 산맥 너머는요?"

"우리 우량 낭도는 땅에 참 관심이 많네."

"저는 서토의 지도를 그려보고 싶습니다."

"지도? 우리는 그런 것 없어. 그냥 사시사철 별들을 보고 이동하니까…….”

“별이요?”

“주로 북두칠성을 보고 이동하지. 하지만 나는 늙어서 이동이 힘들어 여기 정착해 살고 있어. 그러니까 매년 국자랑 여러분을 만날 수 있지.”

“저는 이윤이라고 합니다. 그러면 부족장님은 어렸을 때부터 유목 생활만 하셨나요?”

갑자기 이윤이 끼어들자 부족장이 고개를 돌려 이윤을 바라봤다.

“아니, 내가 젊었을 때는 주로 장사를 했거든. 낙타에 짐을 싣고 여기저기 안 가본 곳이 없어. 그런데 참 신기해. 어딜 가도 사람들이 살고 있어. 그래서 물건만 있으면 무엇이든지 팔 수 있다네. 내가 늙지만 않았다면 유목보다 장사를 할 텐데…….”

“정말 어딜 가도 사람이 삽니까?”

“그렇다니까. 어떻게 이런 사막과 고원에 사람이 사나 싶다니까. 나도 수없이 죽을 뻔했는데 그때마다 사람들이 구해줬어. 사람이 죽으라는 법은 없지. 세상에는 도적 같은 놈들도 있지만 좋은 사람들이 더 많아.”

“알타이 산맥 너머에는 무엇이 있나요?”

내가 다시 묻자 부족장은 다시 내 얼굴을 보며 답했다.

“알타이 산맥의 금악산 남쪽에는……, 거대한 사막이 있네. 그 사막 건너 약수 땅에 훈육국이 있어. 3대 가륵 단군 때 삭정이라는 신하가 제후로 임명돼 나라를 세웠지. 그 나라도 우리 몽골국처럼 단군 천자께 조공을 바치고 있네."

"그렇습니까?"

"그 나라에서 서쪽으로 가면 유명한 삼위산이 있지. 반고가 세웠다는 오래된 나라가 거기 있는데 산 중턱이 온통 동굴 투성이었네. 삼위산 남쪽에는 만년설로 뒤덮인 곤륜산맥이 있고, 그 산맥을 넘으면……, 거대한 고원이 있다고 하더군. 그런데 거기는 사람이 살 수 없다고 해서 가지 않았어."

"그럼 환인이 살았다는 천산은 어디 있나요?"

"천산은 천산산맥에 있지. 알타이 산맥의 금악산에서 서쪽으로 가야 해."

"천산에서 더 서쪽으로 가면요?"

"더 서쪽으로 가면……."

부족장은 잠시 생각에 잠겼다.

"거대한 고원이 나오는데 나는 거기까지 가봤네."

"거기도 우리 조선입니까?"

"조선이나 마찬가지지. 거기 사람들은 단군 천자를 뎅그리라고 불러."

"뎅그리요?"

"조선말과 비슷한 말을 하는데 알아듣기가 정말 힘들지. 하긴, 내 조선말도 좀 이상하지?"

"아니요, 부족장님은 거의 변한 사람처럼 말씀하십니다."

"우량이라고 했던가? 우리 땅 얘기는 그만 하세. 이 늙은이도 더 이상은 몰라."

"감사합니다, 부족장님!"

청천벽력

단기 535년 늦가을 어느 날 우리는 드디어 삼청궁 경당을 졸업했다. 우리는 다시 만날 것을 기약하며 뿔뿔이 흩어졌다. 이윤은 부모님을 만나러 남토로 떠났고 나와 말량이는 일단 청구에 있는 우리 집에 가기로 했다. 말량의 집이 있던 번한의 수도 안덕향은 훨씬 더 멀었기 때문이었다. 헤어지던 날 나와 말량은 펑펑 우는 이윤을 말리느라 혼났다. 이윤 덕분에 우리는 덜 울었다. 교관들에게 하직 인사까지 마친 나와 말량은 말을 타고 나란히 청구를 향할 수 있었다. 국자랑들은 졸업 때 검은 물론 평소 타고 다니던 말도 선물로 받았다. 나는 내 말에게 늘 속삭였다.

"나에게는 네가 하늘이 내려주신 말이다. 그러니까 너를 천마라고 부르는 것이다. 알았지?"

그럴 때마다 천마가 내 말을 알아듣기라도 한 듯 '히히힝!' 대답했다.

한참을 가다가 말량이가 이해가 가지 않는다는 듯 말했다.

"안덕향이야 워낙 멀고 관리 일을 하시는 우리 아버님은 항상 바빠서 그렇다 쳐도 우량이 네 부모님은 졸업식에 꼭 오실 줄 알았는데……."

'나도 부모님이 꼭 오실 줄 알았는데…….'

내가 말이 없자 말량이 위로하듯 말했다.

"혹 날짜를 잘못 아셨나?"

"날짜를 잘못 아실 부모님이 아니야. 틀림없이 무슨 사정이 있을 거야. 집안에 일이 있거나⋯⋯. 말량아, 저 바위에 앉아서 잠시 쉬었다 가자. 우리도 쉬고 말도 쉬고⋯⋯."

우리는 커다란 바위 위에 누워 꽤 오랫동안 휴식을 취했다. 말들은 길가 풀을 찾아 뜯어먹기 시작했다. 우리도 말린 고기를 꺼내 씹기 시작했다. 그 때 우리의 목적지 청구 쪽에서 한 가족이 다가왔다. 모두 5명이었는데 가장 어린 아이와 노인만 야윈 말을 타고 나머지 3명은 걷고 있었다.

"국자랑 젊은이들 지금 어디로 가나?"

노인이 잠깐 말을 멈추며 우리에게 물었다. 국자랑 정복을 입고 있어서 누구나 우리가 국자랑이라는 사실을 알 수 있었다.

"예, 어르신. 저희는 지금 청구로 갑니다."

나는 몸을 반쯤 일으킨 채 대답했다.

"저런! 청구에는 절대로 가지 말게나."

"왜요? 왜 가지 말라고 하십니까?"

말량이 자리에서 벌떡 일어나며 물었다.

"지금 청구에 무서운 돌림병이 돌아 사람들이 계속 죽어나가고 있어. 그래서 우리도 지금 도망가는 중이니 절대로 가지 말게."

말을 끌던 중년 남자도 말했다.

유위자

"국자랑님들, 우리 아버님 말씀 꼭 들으세요. 절대로 청구에 가지 마시기 바랍니다. 아버님, 어서 가세요."

가족은 다시 길을 재촉했다.

'돌림병? 그럼 내 부모님은……?'

이런 청천병력이 있나. 나는 너무 놀라 말도 할 수 없었다. 말량이 조심스럽게 물었다.

"어떻게 할래?"

"어떻게 하긴 뭘 어떡해. 가서 부모님과 동생들이 살아있나 확인해야지."

"그러다가 너까지 병에 걸리면……."

"하늘에 맡겨야지, 뭐. 돌림병이 돈다고 다 죽는 건 아니잖아. 말량이, 너는 나랑 같이 갈 필요가 없으니 안덕향으로 가라."

"친구가 그럴 수는 없지. 네가 청구에 가면 나도 갈래. 어찌 혼자 살겠다고 따로 갈 수 있겠냐."

"말량아, 고맙다!"

입장이 바뀌었다면 아마 나도 그랬을 것이다. 어쨌든 그런 말량이 정말 고마웠다. 하지만 우리는 청구 근처도 가지 못했다. 병졸들이 청구로 가는 길목을 막고 있었기 때문이었다!

"최소한 부모님께서 돌아가셨는지 여부는 확인해야 사람의 도리가 아닙니까!"

아무리 설득해도 병졸들은 단호했다.

"아무리 국자랑이라 하더라도 들여보낼 수 없습니다!"

"여러분을 들여보내면 우리가 치도곤을 당해요!"

병졸들과 승강이를 하고 있는데 교위가 다가왔다.

"이보게들, 나는 자네들 국자랑 선배일세. 정말 무서운 병이 청구에 돌고 있어서 시체들과 집들을 모두 태우고 있어. 선배로서 부탁하네. 죽지 않으려면 어서 돌아가게. 우리도 보름 후 불이 꺼지면 철수할 것이네."

국자랑 선배의 말을 듣고 우리는 돌아설 수밖에 없었다.

'그렇다고 보름을 기다릴 수도 없지 않은가.'

나는 고뇌에 빠졌다. 말을 타고 청구에서 멀어질수록 머리는 더욱 복잡해졌다.

'작은 아버지는 어찌 되셨지? 무사히 탈출하셨나?'

'그건 그렇고, 당장 어디서 먹고 자지……?'

'감성관이 되려면……, 이 길로 아예 아사달로 가……?'

하지만 당시 상황에서 아사달로 가는 일은 엄두가 나지 않았다.

나란히 말을 타고 가던 말량이 조심스럽게 물었다.

"우량아, 일단 우리 집으로 가자. 우리 집은 크니까 너 하나쯤 재우는 건 일도 아니야."

"……."

내가 대답을 안 하자 말량이 다시 독촉했다.

"우리 집에 가서 찬찬히 생각해봐. 여기서 경솔하게 덥석 결정하지 말고."

말량의 말이 옳은 것 같았다.

"말량아, 고맙다. 현재로서는 그 길밖에 없는 것 같다."

말량이 반색을 했다.

"잘 생각했다! 내가 결코 너를 위해서 그러는 것만은 아니야. 사실 나도 막막해. 너라도 옆에 있으면 큰 도움이 될 것 같아서 그래."

"오래 머물지는 않을 거야. 일단 안덕향에 있는 번한 천문대라도 들어가야겠어."

"그래, 아사달 감성은 나중에 갈 기회가 있겠지."

번한 천문대는 안덕향 궁궐 바로 옆에 있었다.

"뭐? 천문조수가 아니라 아예 천문관으로 들어오겠다고?"

나를 만난 용배 천문관은 약간 어이없다는 듯 말했다.

"예, 천문조수가 되기에는 제 나이가 좀 많아서……."

"나이가 몇인데?"

"열다섯이옵니다."

"좋아, 그럼 정식으로 면접을 시작하자. 이리 오너라."

면접 장소에 가니 이름을 알 수 없는 천문관 2명, 대머리와 똥배가 더 있었다. 먼저 용배 천문관이 물었다.

"금성은 새벽에만 보이느냐?"

"아닙니다. 금성은 열 달은 새벽에, 열 달은 저녁에 보입니다."

"수성은?"

"수성은 두 달은 새벽에, 두 달은 저녁에 보입니다."

"올 겨울 화성이 잘 보인다면 그럼 내년 겨울에도 잘 보이느냐?"

"아닙니다. 화성은 내년에는 여름에 뜰 것입니다."

"올 겨울 목성이 잘 보인다. 그럼 내년 겨울에도 잘 보이느냐?"

"예, 목성은 1년 만에 보이는 계절이 바뀌지 않습니다. 한 달 정도 이동할 뿐입니다."

"토성은?"

"토성은 더욱 바뀌지 않습니다."

막힘없는 내 대답을 듣고 용배 천문관은 자세를 고쳐 앉았다.

"해가 정동 방향에서 뜰 때는 언제지?"

"춘분과 추분입니다."

"하짓날 해가 정동 방향보다 북쪽에서 뜨느냐 남쪽에서 뜨느냐?"

"북쪽에서 뜹니다."

"자정에 뜨는 달은 무슨 모양이냐?"

"자정에 뜨는 달은 하현달이니 반달입니다."

"자정에 지는 달은?"

"자정에 지는 달은 상현달이니 역시 반달입니다."

"낮에 나온 반달은 상현달이냐, 하현달이냐?"

"오전이면 하현달, 오후면 상현달입니다."

"정오에 보이는 반달은?"

"반달은 정오 무렵 보이지 않습니다. 그리고 정오 무렵은 해가 워낙 밝아서 어떤 모양의 달도 보기 힘듭니다."

"야, 이 정도면 천문조수가 되기는 아까운데……."

용배 천문관이 동의를 구하는 듯 다른 천문관들을 바라봤다. 그러자 드디어 대머리가 나섰다.

"우선 24절기를 다 외워보거라."

"1월에는 입춘과 우수, 2월에는 경칩과 춘분, 3월에는 청명과 곡우, 4월에는 입하와 소만, 5월에는 망종과 하지, 6월에는 소서와 대서, 7월에는 입추와 처서, 8월에는 백로와 추분, 9월에는 한로와 상강, 10월에는 입동과 소설, 11월에는 대설과 동지, 12월에는 소한과 대한이 있습니다."

"왜 달마다 절기가 2개씩 들어가지?"

"그야 1년은 12달이고 절기는 24개니까 2개씩 들어갈 수밖에 없는 것입니다."

"24절기 날짜는 어떻게 알지?"

"매일 정오 막대기의 그림자를 지켜보는 것입니다. 즉 1년 중 정오 막대기의 그림자가 가장 긴 날이 하지, 가장 짧은 날이 동지가 됩니다. 나머지 절기들은 이것들을 기준으로 나눈 것입니다."

"우리 민족은 8월 보름 햇곡식을 놓고 조상께 제사를 지내는 풍습이 있다. 이 날은 해가 정동 방향보다 북쪽에서 뜨느냐 남쪽에서 뜨느냐?"

대머리는 '요건 모르지?' 표정을 지으며 물었다.

"그 날은 정동 방향보다 북쪽에서 뜰 수도 있고 남쪽에서 뜰 수도 있습니다."

"왜 그렇지?"

"8월 보름이 추분보다 먼저 올 수도 있고 나중에 올 수도 있기 때문입니다."

"허어, 대단하구나!"

이번에는 똥배가 나섰다.

"그럼……, 별들은 매일 몇 도씩 일찍 뜨느냐?"

"매일 1도씩 일찍 뜹니다."

"달은 매일 몇 도씩 일찍 뜨느냐?"

"매일 13도씩 늦게 뜹니다."

"북두칠성은 하루에 몇 도 돌아가느냐?"

"북두칠성은 361도씩 돌아갑니다."

천문관들은 서로 얼굴을 마주 보며 고개를 끄덕였다.

'면접을 통과했나보다.'

나는 속으로 쾌재를 불렀다. 용배 천문관이 나를 칭찬했다.

"대단하다! 이 정도면 당장 천문관이 돼도 손색이 없겠다. 기다려라. 빈학이 담보라 천문장을 모시고 올 테니……."

잠시 후 염소수염이 나타나 자리에 앉으며 다짜고짜로 물었다.

"네가 그렇게 총명하다고?"

'이 사람이 담보라 천문장이구나.'

"최근 일부 멍청한 인간들이 땅이 둥글다는 궤변을 늘어놓고 있다. 거기에 대해서는 어떻게 생각하는고?"

"땅이 둥글다는 것은 자부 대선인에 의해 최초로 주장됐고 소생이 최근 알현한 유위자 대선인도 그렇게 말씀하셨습니다. 소생이 어찌 감히 대선인들의 가르침을 의심하겠습니까."

"네가 유위자 대선인을 직접 뵈었다고? 네가?"

"그렇습니다."

"멀리서 얼굴만 봤겠지."

"아닙니다. 하루 저녁을 꼬박 가르쳐주셨습니다."

나는 망설이다가 대선인이 주신 천동우주 그림을 바랑에서 꺼내 보여줬다. 그림을 본 담보라와 천문관들은 기절초풍했다.

"대선인들은 세상 모든 것을 연구하시고 우리 천문관들은 밥 먹고 하늘만 연구하는 사람들이다. 아무리 우리가 재능이 없다 해도 천문만큼은 대선인들께 뒤지지 않는다. 상식적으로 생각을 해봐라. 땅이 어떻게 둥글 수가 있냐? 그럼 밑에 있는 사람들은 모두 떨어져 죽게?"

"반드시 우리가 모르는 이유가 있을 것이라 생각합니다."

"우리 번한 천문대는 그런 낭설을 믿는 자를 뽑을 수 없다. 썩 물러가거라!"

담보라는 자리를 박차고 일어났다. 나는 어이가 없었다.

"그럼 그 그림이나 돌려주세요."

"안 된다. 너는 이런 쓰레기를 가지고 다니며 어리석은 백성들을 현혹할 것 아니냐. 이건 압수다!"

담보라는 그림을 가지고 방에서 나가버렸다.

"녀석, 똑똑한 줄 알았더니…….''

"그런 낭설을 믿고 어떻게 천문관이 된단 말이냐?"

대머리와 똥배도 나에게 한마디씩 남기고 자리를 떴다. 충격에 빠져 멍하니 앉아 있는 나를 지켜보며 용배 천문관이 안타까운 목소리로 말했다.

"애야, 네 재주가 정말 아깝구나. 마침 빈학 친구가 하나라 천문장으로 있단다. 추천서를 써 줄 테니 가서 보여주기만 해라. 잠깐 기다려라, 알았지?"

나는 아무 생각 없이 자리에 다시 앉아 기다렸다. 잠시 후 용배 천문관이 돌아와 편지를 쓴 비단 조각을 내 손에 쥐어줬다. 눈물이 한 방울 뚝 떨어졌다.

결심

마침내 혹독한 겨울 추위가 물러가고 산과 들에 꽃들이 피기 시작했다. 그동안 나는 부모님과 동생들의 안부가 궁금해 미칠 것 같았다. 어느 날 저녁 말량이 내 방으로 뛰어 들어와 기쁜 목소리로 외쳤다.

"우량아, 드디어 됐다! 드디어 됐어!"

"되긴 뭐가……?"

"오늘 무관학교 시험에 내가 합격했다고! 닷새 후 입교하래!"

"그래? 축하한다, 말량아!"

나는 자리에서 벌떡 일어나 말량을 와락 끌어안았다.

"이제 말량이는 장군이 되겠구나!"

"이런 날이 올 줄 알았지! 이제 우량이만 잘 되면……."

말량은 아차 싶었는지 황급히 입을 다물었다.

"말량아, 일단 앉자. 나 너에게 할 말이 있어."

"그러지 말고 식당으로 저녁 먹으러 가자. 어차피 시간이 됐으니……."

식당으로 자리를 옮기자 하인들이 평소처럼 저녁을 차려줬다. 첫 숟갈을 뜨며 나는 무겁게 입을 열었다.

"오랫동안 생각했는데……, 나 이제 이 집을 떠나야 할 것 같아."

말량이 눈을 동그랗게 뜨고 물었다.

"집을 나가? 이 엄동설한에 어디로 간단 말이야?"

"엄동설한이라니……. 이제 봄기운이 완연한데……."

"혹시 밖에 나갔다가 친척이라도 만났니?"

"아니, 그런 건 아니야. 하지만 부모님이 어떻게 되셨는지 확인하는 게 자식의 도리가 아니냐?"

"……."

"이제 때가 온 것 같아. 이제 날씨도 춥지 않으니 네 집을 떠날게. 그동안 정말 고마웠다."

말량은 한참 망설이다가 정말 묻기 어려운 질문을 했다.

"만일 청구 집이 완전히 불타버렸으면……, 부모님은 물론 친척들까지 모두 변을 당했으면……, 그럼 어떻게 할래?"

'녀석이 정말 내 앞길을 걱정해 주는구나.'

나는 말량이 고마웠다.

"그렇지 않기를 바라야지. 사실 갈 곳은 딱히 없어."

"그럼 다시 여기로 돌아와."

"……."

"아니면 남토로 가 이윤이를 만나든가……."

"아마 이윤이도 지금은 어려울 거야. 그리고 그 넓은 남토에 가서 이윤이를 어떻게 찾니? 청구에 아무도 남아 있지 않으면……, 나는 천해로 갈래."

유위자

말량이 눈을 동그랗게 뜨고 물었다.

"천해?"

"그래, 수학여행 때 우리가 몽골을 다녀왔잖니? 거기서 북쪽으로 가면 천해가 있대."

"거긴 뭐 하러?"

"왠지 천해로 가는 게 내 운명인 것 같아. 거기 너무 가고 싶어."

"우량아, 다시 한 번 생각해봐. 부모님도 네가 나랑 같이 사는 거 좋아하셔. 형제가 없는 나도 심심하지 않고……."

"아니지. 너는 곧 무관학교로 떠날 예정이잖아. 너 없이 내가 하루 종일 뭘 하겠니."

"……."

"나는 천산과 천해를 꼭 가보고 싶어. 멀리 다녀오려면 젊을 때일수록 좋다고 생각해."

"말량아, 혼자서 떠난다면 걸인이 될 수밖에 없는데……."

"야, 걸인이 뭐냐? 방랑자, 나그네, 좋은 말도 많은데."

"거기서 누가 너를 기다리고 있니? 너무 무모한……."

말량은 목이 막혀 말을 멈췄다.

"나는 내 운명과 맞닥뜨리고 싶어. 그러면 길이 보일 것 같은 생각이 든다. 일단 조선 안에서는 내 길이 보이지 않으니……."

순간 눈물 한 방울이 국그릇으로 뚝 떨어졌다. 말량이 모르게 눈물을 훔치며 나는 말을 이었다.

"옛날 우리가 졸업여행으로 몽골국에 갔을 때 부족장님을 만났던 것 기억나니?"

"물론 기억나. 너하고 이윤이 얘기를 많이 했지. 나는 술 마시느라고……."

"그 때 그 분이 어딜 가도 사람이 살고 있다고 말씀하셨어. 어떻게 이런 사막과 고원에 사람이 사나 싶더래. 그 분도 수없이 죽을 뻔했는데 그때마다 사람들이 구해줬다고 해. 사람이 죽으라는 법은 없다는 게야."

"그건 그 분이 운이 좋아 그런 거고……."

나는 말량의 말을 가로막으며 잘라 말했다.

"오늘 저녁 부모님께 작별 인사를 드릴게."

그 날 말량이 아버지께서 늦게 귀가하셨다. 밤이 깊어서야 나는 말량이 부모님께 작별인사를 드리러 갔다. 말량의 어머니께서 끝까지 나를 말리셨지만 나는 고집을 꺾지 않았다.

"네 생각이 정 그렇다면 할 수 없지. 젊을 때 고생은 사서라도 한다니……."

마침내 말량의 아버지께서 결심하신 듯 말씀하셨다.

"아버님, 감사합니다! 그러면 날이 밝는 대로 길을 떠나겠습니다. 그동안 친자식처럼 돌봐주신 은혜 절대로 잊지 않겠습니다."

나는 말량이 부모님께 큰절을 드렸다. 말량이 어머니는 눈물을 보이지 않으려고 고개를 돌리셨다. 말량이 아버지께서 엎드린 내 손에 명도전 5개를 쥐어주셨다.

"이거 얼마 안 된다만 가지고 가거라. 없는 것보다 나을 게다."

나는 거부할 수가 없었다.

"이 명도전은 공짜가 아니다. 우량이 네가 반드시 나중에 10개로 갚아야 한다, 알겠느냐?"

"꼭 10개, 아니 20개로 갚겠습니다."

"나도 남는 게 있어야 할 것 아니냐, 하하하."

말량 아버지의 웃음소리가 공허하게 방 안에 울려 퍼졌다.

구사일생

다음 날 나는 천마를 타고 길을 떠났다. 천마와 국자랑 검 한 자루, 말린 음식과 옷가지가 든 바랑 하나가 내가 가진 전부였다. 첫날 저녁놀이 물들자 산 그림자들이 길게 드리워졌다. 나를 서쪽으로 인도하던 초승달이 갑자기 퍼져 보였다. 눈물이 앞을 가린 것이었다.

'아, 내 인생은 앞으로 어찌 될 것인가.'

밤에는 아직 추워서 노숙하기가 어려웠다. 운 좋게 객잔을 발견하고 며칠 밤은 따뜻하게 잘 수 있었다. 그러다 보니 청구에 도착했을 때 말량의 아버지가 주신 명도전이 3개나 없어지고 말았다.

'부모님만 무사하시면⋯⋯.'

나는 실낱같은 희망을 품고 청구로 들어갔다. 하지만 청구에 들어서는 순간 그 희망은 물거품이 됐다. 새까맣게 타버린 건물들과 천막을 치고 살던 거지들만이 나를 맞이했던 것이다. 우리 집 역시 완전히 폐허가 돼 있었다. 나는 집 구석구석을 돌아봤으나 아무 것도 남아 있지 않았다. 아버지가 애지중지하시던 옥그릇을 발견하고 주웠다. 까맣게 그을린 옥그릇을 들여다보니 눈물이 앞을 가렸다.

"아버지! 어머니!"

나는 목 놓아 울었다. 그러자 근처 천막에서 거지가 나와 나를 보고 외쳤다.

"너 우량이냐?"

자세히 보니 작은 아버지였다.

"작은 아버지!"

나는 작은 아버지를 부둥켜안으며 외쳤다.

"작은 아버지, 살아계셨군요! 정말 다행입니다!"

그러자 작은 아버지는 황급히 나를 밀어내며 말씀하셨다.

"가까이 오지 마라. 나도 병에 걸린 것 같다. 옮으면 어떡하려고……."

"아버님은요? 어머님은요?"

"돌림병으로 모두 돌아가셨다, 모두! 네 가족은 하인들까지 한 명도 남지 않고……."

작은 아버지는 고개를 떨궜다.

"아버지! 어머니!"

나는 무릎을 꿇으며 절규했다. 한참을 울다가 고개를 들고 작은 아버지에게 물었다.

"작은 어머니는요? 사촌 동생들은요?"

작은 아버지는 고개를 저으셨다.

"모두……. 이번 돌림병은 정말 무서웠다. 조선 역사상 최악의 병란이 일어났다고들 말한다. 사람이 새카맣게 변해……."

"……."

나는 일어서서 남은 명도전 2개를 작은 아버지 손에 쥐어줬다. 하지만 작은 아버지는 받지 않으셨다.

"필요 없다. 나는 이제 얼마 못살겠다. 그나저나 너는 이제 어디로 가니?"

"저는 갈 데가 있습니다. 작은 아버지는요? 그냥 여기 사실 건가요?"

"내가 살면 얼마나 더 살겠느냐. 때가 되면 그냥 여기서 죽겠다."

작은 아버지와 이별한 나는 다시 정처 없이 천마를 타고 북쪽으로 길을 떠났다. 며칠이 지나자 남은 명도전 2개도 써버려 객잔에서 잘 수 없게 됐다. 황혼이 지자 나는 말에서 내려 큰 바위를 찾았다.

'오늘밤은 이 바위 옆에서 자야겠다. 바람이라도 피해야지.'

다행히 며칠 사이 날씨가 포근해져 추위를 견딜 수 있었다. 천마는 정신없이 풀을 뜯기 시작했다.

'녀석, 무척 배고팠던 모양이로구나.'

낮에는 따가운 봄볕을 피하기 위해 삿갓을 쓰고 밤에는 추위를 피하며 천마를 끌어안고 잤다. 수학여행 때처럼 말을 타고 계속 달릴 수 없어 몽골국에 들어서는 데에만 보름이 걸렸다. 가능하면 초원을 따라 이동해 천마가 굶주리지 않도록 했다. 중간에 농부들

유위자

에게 몇 번 밥을 얻어먹어 목숨을 이어갈 수 있었다. 하지만 몽골국을 지나 한 달 가까이 여행하자 내 몸은 걷잡을 수 없이 야위었다. 말린 음식도 떨어져 나는 주린 배를 채우기 위해 풀도 뜯어먹어야 했다. 토하기를 몇 차례, 나의 몸은 만신창이가 됐다.

'천마야, 너는 원래 풀을 먹고사니 좋겠다.'

내리쬐는 강한 햇볕은 나를 점점 더 혼미하게 만들었다.

'여기서 죽나보다. 내 인생은 여기까지인가……'

나는 말에서 굴러 떨어져 정신을 잃었다.

시간이 얼마나 지났을까. 내가 눈을 뜨자 갑자기 소리를 지르는 소녀의 목소리가 들렸다.

"아빠! 아빠!"

이어서 중년 남자가 다가와 침착한 목소리로 말했다.

"깨어났구나! 드디어 깨어났어!"

부녀로 보이는 중년남자와 소녀가 누워 있는 나를 내려다보고 있었다. 나는 얼른 일어나려고 했지만 몸이 말을 듣지 않았다. 그 상태에서는 상체를 일으킬 수조차 없었다.

"더 누워 있게. 억지로 일어나지 마."

수염이 긴 남자가 정확한 조선말로 말했다.

"여기가 어디……."

내가 겨우 입을 열자 남자가 말했다.

"말이 슬피 우는 소리가 들려서 가봤더니 자네가 쓰러져 있었네. 그래서 우리 집으로 데리고 온 거야. 자네 말한테 감사하게."

"데려온 지 3일이나 지났어요. 우리는 당신이 죽는 줄……."

소녀도 말을 하다 황급히 입을 닫았다. 나는 금방 상황을 파악할 수 있었다. 그 부녀가 내 목숨을 구해줬던 것이다.

"가, 감사합니다! 정말로 감사합니다!"

소녀가 서둘러 죽 한 그릇을 가져오자 남자가 말했다.

"자, 얘기는 나중에 하고, 일단 이거라도 먹고 기운을 차리게."

순식간에 그릇을 비운 나는 정신을 차리고 사방을 둘러봤다. 천해를 여행할 때 묵었던 양털로 만든 유목민 집과 똑같았다. 나는 자리에서 일어나 부녀에게 큰절부터 했다.

"두 분은 제 생명의 은인이십니다! 어떻게 은혜를 갚아야 할지……."

소녀의 아버지가 물었다.

"자네 번한의 국자랑이었지?"

"예, 그렇습니다. 어떻게 아셨습니까?"

"자네 이름이 새겨진 국자랑 검을 봤지. 이름이 우량이더구먼. 그런 강철검은 여기 없어. 우리가 가진 거라고는 청동검이 고작이지."

"아, 그렇군요."

"나는 칭무타라고 하네. 내 딸 이름은 칭미오라네."

"예, 알았습니다. 칭무타 어른, 칭미오 아가씨. 가만있자, 그런데 두 분 우리 조선말을 잘 하시네요."

"여기는 조선이나 마찬가지야. 우리 유목민들은 몽골국 소속도 아니고 단군 천자를 숭배하니까……."

"아, 그렇습니까?"

그 때 한쪽 벽에 걸려 있던 탁본 족자가 내 눈에 띄었다.

"저거 어디서 나셨습니까?"

"아주 옛날 우리 조상님 중 한 분이 배달국에 다녀오시면서 이걸 구해오셨네. 값을 비싸게 치렀다고 해."

"아! 이것 귀한 것입니다. 천부경 탁본이네요!"

"천부경?"

"제가 알기로는……, 배달국 거불리 환웅 때 해달 풍백이 쓰신 것을 비석으로 만들어 신시에 세워놨었거든요. 그 비석의 탁본이 틀림없습니다."

"그래?"

"천부경은 한마디로……, 우리 조선의 우주론입니다. 총 81글자로 돼 있지요. 자세히 보세요. 갑골문자 서체로 적혀 있습니다."

"갑골문자든 뭐든 우리는 몰라. 유목민이 글자를 알아서 뭐해."

"소생이 요즘 조선의 전서체로 적어 드릴까요?"

"자네가 할 수 있어? 그럼 당연히 해야지!"

"아빠, 이제 겨우 일어난 사람에게……."

칭미오가 말렸지만 칭무타는 한 술 더 떴다.

"내가 글씨를 불로 지져서 새길 수 있는 양가죽을 준비할 테니 당장 써봐! 혹시 아나? 비싸게 팔 수 있을지……."

나는 달리 할 일도 없어 칭무타 부녀가 밖에 나간 뒤 오후 내내 양가죽을 불로 지져서 천부경을 하나 새겼다.

天符經

一始無始一析三極無
盡本天一一地一二人
一三一積十鉅無匱化
三天二三地二三人二
三大三合六生七八九
運三四成環五七一妙
衍萬往萬來用變不動
本本心本太陽昂明人
中天地一一終無終一

천해에 살다

갈 곳이 없던 나는 결국 몽골에 눌러앉게 됐고 몇 달 후 칭미오와 결혼했다. 그리하여 유목민으로서 새로운 삶이 시작됐다. 지평선을 바라보며 초원에서 양떼를 모는 일이 낯설었지만 이내 적응할 수 있었다. 우리 가족은 수백 마리의 양 이외에도 다섯 마리의 낙타도 키웠다. 등에 두 개의 봉우리를 가진 쌍봉낙타였다.

대부분의 유목민들은 천해 지역을 큰 원을 그리며 이동했다. 북두칠성 같은 별자리를 잘못 봐 사막 쪽으로 이동한 유목민들은 모래바람에 시달려야 했다. 항상 물이 부족해 자주 씻지 못하는 점이 가장 견디기 힘들었다. 어쩌다 온천 지역을 지나갈 때면 천국에 온 듯했다. 천해 지역은 여름 낮에도 선선했고 밤이 되면 기온이 뚝 떨어졌다. 양들의 배설물을 태워 난방을 해야만 겨울에 살아남을 수 있었다.

유목민들은 모두 같은 입장이어서 서로 무척 친절하게 대했다. 양젖이 대부분이었지만 낯선 사람을 만나도 먹을 것을 선뜻 내줬다. 아이들은 공부가 무엇인지 아예 모르고 말을 타며 해맑게 자랐다. 개천축제 때에는 유목민들도 모여 말 경주대회를 열고 연을 날렸다.

어느 날 장인어른이 북두칠성에 대해 꼬치꼬치 물으셨다. 유목민들에게 북두칠성이란 신과 같은 존재였기 때문에 그것은 당연한 일이었다.

"……물론 북두칠성은 하루에 한 바퀴 하늘의 북극을 회전합니다. 하지만 매일 밤 정확히 제자리로 돌아오는 것이 아닙니다."

내가 설명하자 장인어른은 믿기 어렵다는 듯 말씀하셨다.

"매일 밤 제자리로 돌아오던데?"

"사실 눈으로 봐서는 모릅니다. 북두칠성은 매일 1도를 더 돌아갑니다. 즉 하루에 361도를 돌아가지요."

"1도가 무엇인가?"

"해가 땅을 한 바퀴 돌면 1년이 지나는 것입니다. 그래서 1년을 한 해라고 하는 것이지요. 그래서 1바퀴 회전하면 360도 돌았다고 각도를 정합니다. 그래서 직각은 90도가 되는 것이지요."

"그럼……, 1도라는 각도는 아주 작은 각도잖아. 그게 눈으로 보면 표가 나는가?"

"아니오. 며칠 동안에는 표가 나지 않습니다. 하지만 한 달이 지나면 30도를 더 돌아가지요."

"왜 30도지?"

"한 달이 30일이고 하루에 1도씩 돌아가니까요."

"아, 그렇구나."

"그러니까 석 달이 지나면 북두칠성은 90도를 더 돌아가게 됩니다."

"90도면……, 직각이 아닌가?"

"그렇습니다. 그러니까 북두칠성이 겨울 저녁 하늘의 북극 아래 낮게 떠 있었다면 석 달 후 저녁에는, 즉 봄 저녁에는 북두칠성이 직각만큼 올라간 곳에 있게 됩니다."

"직각만큼 올라간다……. 그럼 왼쪽으로 오른쪽으로?"

"오른쪽으로요. 그리고 밤이 깊어지면 하늘 가장 높은 곳으로 올라오지요."

"가만 있자……, 그럼 여름 저녁에는?"

"여름 저녁에는 처음부터 하늘 꼭대기에 있지요."

"그런데……, 여름 한밤중에 보면 왼쪽으로 기울어 있던데?"

"그야 밤이 깊어지면 직각만큼 내려가니까요."

"아하, 이제 완전히 이해했다! 그러니까 북두칠성이 매일 한 바퀴 도는데……, 여름 저녁에는 하늘 제일 높은 곳에서 출발해 돌기 시작하고……."

"가을 저녁에는 직각만큼 더 돌아간 곳, 즉 하늘의 북극 바로 왼쪽에서 출발해 돌기 시작한다는 말이지요."

"겨울 저녁에는 땅 바로 위에서 출발해 돌기 시작하고……, 맞나?"

"맞습니다! 이제 이해하셨네요. 그러니까 계절에 따라 초저녁 북두칠성의 위치가 달라지는 것입니다."

"거기까지! 아이고 머리가 아파 죽겠다. 내일 또 좋은 것 가르쳐

줘. 사위가 아니라 선생으로 모실 테니까……."

장인어른은 비록 문자는 몰랐으나 매우 학구적이셨다. 며칠 후에는 조선의 3수 문화에 대해 꽤 깊은 질문을 하셨다.

"왜 조선에서는 하느님을 삼신이라고 하지? 하느님이 세 분 계신가?"

"그것은 세 분의 하느님이 존재한다는 뜻이 아니라 하느님의 역할이 셋이라는 뜻입니다. 즉 만물을 낳는 '조화신', 만물을 가르치는 '교화신', 만물을 다스리는 '치화신', 이렇게 셋을 말하지요."

"아, 그게 흔히 말하는 3수의 원리인가?"

'장인어른이 3수라는 말을 아시는구나. 이 척박한 조건 속에서 나름대로 공부를 열심히 하셨구나.'

"그렇지요. 하느님은 3수의 원리로 현실세계에 나타나십니다. 하늘에는 삼신이 있고 땅에는 삼한이 있어야 합니다. 이것이 바로 삼한관경제의 핵심입니다."

"삼한관경제가 무슨 뜻인가?"

"삼신의 원리에 따라 조선을 셋으로, 즉 삼한으로 나눠 통치할 수밖에 없다는 것입니다. 태곳적부터 환인, 환웅, 단군님들은 천제를 통해 하느님의 성령을 내려 받아 세상을 다스려 왔습니다. 그렇기 때문에 천손은 자연스럽게 천지와 하나가 돼 영성적인 삶을 누리고 있는 것입니다. 하늘에 삼신이 계시니 3수의 원리에 따라 땅에는 삼한이 있어야 한다는 논리입니다."

"아, 그럼 진한, 번한, 마한 하는 게……."

"바로 그겁니다. 아사달 지역을 진한이라 하고 대단군이 다스리십니다. 황하의 안덕향 지역을 번한이라 하고 부단군이 다스립니다. 대동강의 백아강 지역을 마한이라 하고 부단군이 다스립니다. 그리고 진한, 번한, 마한을 통틀어 대한이라고 부릅니다. 즉 조선이 대한인 것입니다."

"똑똑한 사위가 다 가르쳐주니 너무 좋네그려. 그럼 삼진이란 무엇인고?"

"그말은 어디서 들으셨습니까?"

"옛날 조선에서 어떤 훌륭한 분이 여기 오신 적 있어. 그때 사람이 삼진이 있어야 하고 어쩌고 얘기했다네."

"그것도 내내 3수의 원리에 관련돼 있습니다. 즉 사람의 내면에도 세 가지 참된 성령이 있어야 하는데 그것을 삼진이라고 합니다. 조화신이 들어와 성품이 되고, 교화신이 들어와 목숨이 되고, 치화신이 들어와 정기가 된다고 믿는 것이지요. 수행을 통해 삼신 하느님의 영성을 몸속에 간직하게 된 사람은 살아 있는 우주가 되는 것입니다. 그런 사람의 얼굴은 하늘을 닮게 되는 것이지요……."

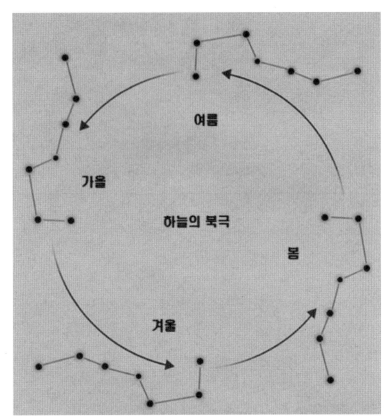

여름

가을

하늘의 북극

봄

겨울

초저녁 북두칠성의 위치

천산을 가다

세월은 덧없이 흘러 단기 539년이 됐다. 지극히 단순한 내 유목민 생활도 3년째에 접어들었다. 걱정거리가 있다면 아이가 태어나지 않은 것뿐이었다. 그 동안 천해 주위를 크게 한 바퀴 돌았는데 나는 천해가 커다란 초승달 모양을 하고 있다는 사실을 발견했다!

우리 가족이 알타이 산맥 아래 초원에서 유목할 때였다. 산맥 위에 펼쳐지는 아름다운 저녁놀을 정신없이 바라보고 서 있었는데 아내 칭미오가 다가와 말했다.

"여보, 떠나세요! 당신은 여기서 이렇게 살 사람이 아니에요."

나는 깜짝 놀라 물었다.

"그게 무슨 말이오?"

"지금 저 산맥을 넘어가고 싶은 거지요? 그 너머가 궁금한 것이지요?"

"그걸 어떻게 알았소?"

"나는 당신의 아내예요. 떠나고 싶을 때 언제든지 떠나세요. 돌아오지 않아도 좋아요. 하지만 우리를 잊지는 말아요……."

아내는 말을 잇지 못하고 나에게 매달렸다. 나도 아내를 힘줘 끌어안으며 말했다.

"고맙소, 여보. 나는 정말로 산맥 너머에 가보고 싶소. 그리고 거기 가서 본 것을 지도에 그리고 싶소. 그 동안 겨우 천해 하나 새로 그려 넣었다오."

"알아요. 어차피 아버지와 나 둘이 살아왔으니 당신이 없다고 힘들 것도 없어요. 지금 봄에 떠나는 것이 몇 달 여행하기에는 제일 좋아요. 여름에 떠나면 너무 덥고 가을에 떠나면 길을 헤맬 경우 겨울이 닥쳐 위험해요. 당장 내일이라도 떠나세요."

"고맙소, 여보. 꼭 살아 돌아오리다."

나는 칭미오를 꼭 끌어안았다. 석양에 산 그림자가 길게 드리웠다.

"내가 더 늙기 전에 다녀오도록 하게. 나도 젊었을 때 한 번 넘어가봤어. 사나이가 한 번쯤은 다녀와야 할 곳이지."

장인어른 역시 흔쾌히 여행을 허락했다. 그리하여 나는 환인천제가 살았다는 천산을 향해 여행을 떠나게 됐다. 이제는 여행하는 일에 익숙해져 나름대로 빈틈없이 준비를 마칠 수 있었다. 날이 밝자 그 동안 더욱 튼튼해진 천마를 타고 길을 떠났다…….

알타이 산맥의 거대한 만년설 봉우리들이 다가왔다. 장인어른은 금악산 옆에 골짜기를 따라 가면 산등성이에 오르지 않고도 서쪽으로 가는 길이 있다고 말씀하셨다. 꼬불꼬불 산길을 따라 말을 타고 하루 종일 걸었다. 하늘과 맞닿은 그 길 한쪽은 천길 낭떠러지였다. 떨어지면 시신도 찾기 어려울 것 같았다. 천마도 두려운지 조심조심 발걸음을 옮겼다.

며칠 후 눈앞에 초원이 펼쳐졌다. 언제 설산을 지났나 싶었다.

이름 모를 야생화들이 무수히 피어있었다. 다시 서쪽으로 이틀 동안 이동하자 갑자기 양떼가 눈앞에 나타났다. 정말 사람은 어디든지 살고 있었다. 유목민들은 양고기와 말린 과일을 대접하며 잠까지 재워줬다. 그 사람들은 전쟁이 뭔지, 공부가 뭔지, 농사가 뭔지 전혀 몰랐다. 태어나서 그냥 그렇게 살다가 죽는 순박한 사람들이었다.

유목민들에게 감사의 인사를 남기고 나는 다시 알타이 산맥을 따라 서쪽으로 떠났다. 며칠 후 유목민들이 알려준, 모양이 희한하게 생긴 바위산을 만났다. 동서로 오가는 상인들이 그 바위산을 보고 길을 잃지 않는다고 말했다. 산 이름을 가르쳐줬지만 기억이 나지 않았다. 산 중턱에 올라가봤더니 굴이 여러 개 있었다. 그 중 하나를 택해 조심스럽게 들어가 봤더니 깨끗한 물이 바위틈에서 새어나오고 있었다. 나는 실컷 마시고 물통을 가득 채운 뒤 다시 길을 떠났다.

다시 며칠을 이동하자 드디어 천산산맥 가운데 우뚝 솟아 있는 천산이 멀리 보였다.

'아니, 이렇게 척박한 곳에서 환인천제가 어떻게 살았지?'

나는 의아해하며 천산 밑을 지나갔다.

'산꼭대기에서 사신 것이 아니라 이 근처 어딘가에 계셨겠지. 수행을 하실 때만 올라가셨을까…….'

천산에 올라갈 생각은 애당초 없었기에 서쪽으로 계속 천마를 타고 갔다. 그 날 저녁 늑대들의 습격을 받아 하마터면 천마를 잃을 뻔했다. 나는 국자랑 검을 휘두르며 필사적으로 싸웠다. 늑대 한 마리가 내 검에 찔려 즉사하자 겨우 싸움이 멎었다. 나는 천마를 타고 밤새 달빛을 받으며 늑대 떼로부터 멀리 도망쳤다. 기진맥진한 천마와 나는 다음 날 아침이 돼서야 따뜻한 햇볕을 받으며 단잠을 잘 수 있었다.

다시 며칠이 지나자 고원 끄트머리에 도착했다. 어느 날 아침 아이들이 왁자지껄 떠드는 통에 잠에서 깼다. 고개를 들어 보니 멀리 떨어진 강가에서 아이 셋이 물고기를 잡고 있었다. 가까이 가보니 만년설이 녹아내려 만들어진 강은 생각보다 넓었다. 가장 큰 아이는 낙타 비슷한 동물 한 마리를 열심히 씻어주고 있었다.

'얘들이 조선말을 알까? 일단 물어보자.'

"이 동물 이름이 뭐니?"

내가 묻자 아이들이 호기심어린 눈으로 나를 바라봤다.

"야크……, 입니다…….."

가장 큰 아이가 떠듬떠듬 조선말을 했다.

"야크?"

"그렇……, 습니다…….."

"너 조선말 잘 한다."

"엄마가……, 뎅그리……, 나라……, 사람입니다……."

'아, 단군이 뎅그리라고 했지.'

"너희는 어디 사니?"

아이들은 말이 서툴렀지만 알아듣는 데는 문제가 없어 보였다. 얘기를 조금 나누고 보니 세 아이는 형제지간이었다. 나는 막내를 천마 등에 태워주고 국자랑 검을 보여줘서 아이들의 환심을 샀다. 아이들은 물고기 사냥을 접고 나와 함께 집으로 가자고 했다. 하지만 가는 길에 갑자기 코피가 나 길을 멈출 수밖에 없었다. 코피를 흘린 것은 거의 10년만의 일이었다. 영문을 모르던 나는 손으로 코를 막고 고개를 들었다.

"아저씨……, 저 낮은……, 땅에서……, 올라왔지요?"

"응, 그런데?"

"여기……, 처음으로……, 올라오는 사람……, 코피 흘려요……."

'아, 그래? 그럼 병은 아니구나.'

아이들 부모는 나를 친절하게 맞아줬다. 아이들 어머니가 물었다.

"조선 분이 어떻게 이 먼 곳까지 오셨나요?"

그 여자는 번한 사람이어서 조선말을 잘 했고 아이들 아버지도 큰아들만큼은 조선말을 할 수 있었다. 천산 사람들이 쓰는 말은 조선말과 단어들이 조금씩 달랐으나 구조가 비슷해 손짓발짓을 하면 소통이 가능했다. 고원 사람들은 야크 없이는 살 수 없었다. 야

크는 훌륭한 운송수단일 뿐 아니라 젖과 고기를 제공했다. 날씨는 엄청 변덕스러웠다. 얼마 전까지 햇볕이 쨍쨍 내리쬐었는데 갑자기 작은 우박이 쏟아졌다. 날이 어두워져 기온이 뚝 떨어지자 아이들 부모는 키가 작은 나무들을 태워 난방을 했다.

"아득한 옛날……, 환인천제님이……, 천산에 사셨을 때……, 여기가 따뜻했답니다."

아이들 아버지가 떠듬떠듬 말했다.

"정말입니까?"

"전설로……, 전해져 내려오는……, 얘기입니다. 어렸을 때부터……, 항상 들었습니다."

"그래요? 그럼 수수께끼가 풀렸네요!"

내가 기쁜 목소리로 대답하자 여자가 물었다.

"무슨 수수께끼요?"

"저는 왜 환인천제께서 비옥한 평야지대를 다 놔두고 이렇게 춥고 척박한 고산지대에 사셨는지 이해가 안 갔습니다. 하지만 아득한 옛날 여기가 따뜻한 곳이었다면 말이 되지요."

"그러고 보니 몇 년 전 어떤 노인이 오셔서 똑같은 얘기를 했어요."

"어떤 노인이요?"

말을 들어보니 유위자 대선인 같았다.

'맞아! 어르신이 천산에 다녀왔다고 말씀하셨어.'

남자는 처음 보는 악기를 꺼내며 말했다.

"옛날에 여기가……, 따뜻했다는……, 노래가 있지요……."

동물 내장을 말리고 꼬아 만든 줄들이 투박해 보였지만 악기 소리는 그런대로 들을만했다. 남자는 악기를 튕기며 노래를 했는데 가사는 전혀 알아들을 수 없었다. 아버지가 노래하자 삼형제가 나타나 합창을 했다.

삼위산을 가다

천산 여행을 마치고 집에 돌아온 나는 다시 유목민 생활을 시작했다. 세월이 흘러 단기 553년이 됐고 나는 33살이 됐다. 내가 유목을 시작한 지 17년의 세월이 흐른 것이었다. 그동안 나는 세 아들을 얻었지만 애석하게도 장인어른이 돌아가셨다. 이후 아이들도 어리고 일손이 모자라 여행은 떠나지 못했다. 장인어른이 돌아가시기 직전 흑룡강에 한 차례 다녀온 것이 전부였다.

하지만 12살이 된 첫째, 10살이 된 둘째 아들이 일을 곧잘 도와 나는 다시 한 번 여행을 떠나기로 결심했다. 마침 우리 가족이 다시 알타이 산맥 아래 초원에서 자리를 잡았기 때문이기도 했다. 이번에는 남토의 삼위산을 지나 곤륜산맥까지 가는 것을 목표로 잡았다.

"아빠, 남토에는 왜 가?"

첫째가 물었다.

"음, 아빠는 지구의 크기를 알고 싶단다."

"지구가 뭐야?"

"이 땅은 둥글단다. 마치 공처럼 말이지."

"남토에 가면 어떻게 지구 크기를 알아?"

"그건 너에게 설명하기가 좀 어렵구나."

"땅덩어리의 크기를 알아서 뭐하게?"

"글쎄다. 그거 알아서 뭐하지?"

"아빠, 가지마. 그런 쓸데없는 거 알려고 몇 달을 고생해?"

둘째도 거들었다.

"천마도 많이 늙어서 너무 힘들 텐데……. 천마는 할아버지 말이 잖아."

'녀석 지능적이네. 천마 핑계를 대다니…….'

"천마는 아직 5년은 더 살 거야. 걱정 마. 너희들 아빠가 없는 동안 환자 공부 열심히 해야 한다."

첫째가 저항했다.

"아빠, 나 공부하기 싫어."

"글자를 모르면 바보가 된단다."

"양 키우고 지금처럼 사는데 글자를 왜 알아야 돼?"

"그럼 넌 평생 양 키우며 이렇게 살래?"

첫째는 대답하지 않았다.

알타이 산맥을 넘고 사막을 가로질러 남쪽으로, 남쪽으로 내려 가자 삼위산이 나왔다. 삼위산은 동서로 오고가는 상인들이 들를 수밖에 없는 길목에 자리 잡았다. 그래서 삼위산 아래 화하국 수도는 인구도 많고 길거리도 복잡했다. 사막을 건너와 거의 거지꼴이 된 나를 주목하는 사람은 아무도 없었다. 길거리를 이리저리 헤매고 있는데 '천문대'라는 갑골문자가 눈에 확 띄었다. 궁궐 옆의 작은 건물이었는데 지키는 사람도 없어 아무런 제지를 받지 않고 안으로 들어갈 수 있었다. 인상이 좋은 남자가 지나가다가 나를 보고 남토 말로 물었다. 내가 말을 알아듣지 못하자 정확한 조선말로 다시 물었다.

"어떻게 오시었습니까?"

"아, 저는 번한의 국자랑 출신으로서 천문을 조금 압니다. 그래서 혹시 얘기를 나눌 분이 없나 하고……."

"국자랑 출신이요? 어서 오십시오! 빈학은 천문장 유묘대호라고 합니다. 이리 들어오시지요."

'아니, 천문장이라는 사람이 이렇게 겸손해?'

순간 번한 천문대의 담보라가 생각났다. 내가 따라 방으로 들어가자 유묘대호는 자리를 권하며 말했다.

"천문관이라고 해봐야 모두 세 명뿐입니다. 노비들이 몇 명 있고……."

"혹시 믿지 못하실까 봐 제 국자랑 검을 보여드리겠습니다."

유묘대호는 내가 넘겨준 국자랑 검을 꺼내 찬찬히 살펴봤다.

"삼청궁 경당을 단기 535년에 졸업하신 우량 선배님이시군요."

"선배요?"

"빈학도 태산 경당을 단기 541년에 졸업한 국자랑 출신입니다. 경당은 달라도 선배님은 선배님이시지요."

"이거 정말 반갑습니다! 어떻게 국자랑 출신이 여기까지 와서 천문관을 하고 계시오?”

“하하하. 선배님이야말로 어떻게 국자랑 출신이 이렇게 방랑하고 계십니까?”

“나도 모르겠소이다.”

“빈학이 화하족이어서 국자랑 시절 차별을 많이 받았습니다. 그래서 조선에서 사는 것을 포기하고 여기 삼위산으로 돌아온 것입니다.”

“저런, 쯧쯧쯧. 배달족인 제가 대신 사과드리겠습니다. 제 국자랑 친구 중에도 화하족 출신이 있었지요. 차별을 많이 받아 고생했지만 저하고는 아주 친하게 지냈답니다.”

“그래요? 화하족 출신 국자랑은 모두 합해 열 명도 안 되는 것으로 아는데……. 실례지만 친구분 이름이 어떻게 되시나요?”

“이윤이라고 합니다.”

“이윤? 이럴 수가!”

“그를 아시오?”

“알다마다요! 어렸을 때 같이 놀던 동네 형입니다!”

“그래요? 이렇게 이런 일이! 혹시 그 친구 소식 아시오?”

“이윤 형이 국자랑이 되려고 떠난 후로는 만나지 못했습니다. 하지만 최근 양자강 쪽에서 온 상인으로부터 형이 박이라는 땅에서 어떤 대부족의 재상이 됐다는 말을 전해 들었습니다.”

“아, 녀석 결국 해냈구나! 살아남았어!”

내가 기뻐 외치자 유묘대호가 일어나며 말했다.

"형의 친구 역시 형입니다. 그러니 지금부터 형님으로 모시겠습니다. 우량 형님! 일단 객사에 가서 목욕하시고 옷도 갈아입으시지요. 오늘 밤새 술 먹으며 옛날 얘기나 합시다!"

유묘 씨 집안은 반고가 삼위산에 내려올 때 환국에서 같이 내려온 화하족 명문 집안이었다. 유묘대호는 헌원 황제 때 신하였던 유묘신성 집안의 후손이었다. 그 국자랑 후배 덕분에 천문대 숙소에서 며칠 지내며 밤에는 별도 같이 볼 수 있었다. 그는 화하국 남쪽 끄트머리에 가면 하짓날 정오 해가 머리 위로 온다는 놀라운 사실도 가르쳐줬다. 유묘대호의 안내를 받아 반고가 환국에서 내려와 살았다는 동굴들도 모두 구경할 수 있었다. 유묘대호는 호기심도 많아 끊임없이 질문했다. 특히 조선에 대해 꼬치꼬치 물어나는 가지고 간 양 가죽 지도를 보여주며 삼한에 대해 자세히 얘기해 줬다. 그리고 그의 조언을 받아 지도에 천산과 천해 등을 새로 그려 넣었다. 내가 아는 한 서토를 그린 최초의 지도를 만든 것이었다!

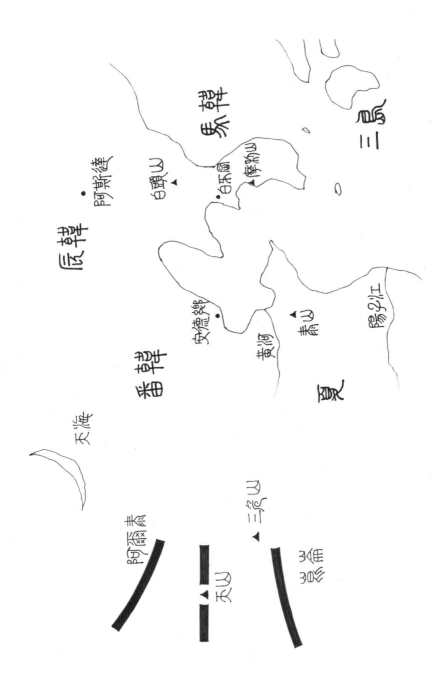

유위자

3부

우주를 공부하다

개 천 기 5

나는 이윤을 찾아 서둘러 길을 떠났다. 유묘대호는 삼위산 천문대 일 때문에 같이 갈 수 없어 무척 아쉬워했다. 박이라는 땅에 자리 잡은 대부족의 재상이 됐다는 사실 이외에 내가 이윤에 대해 아는 정보는 없었다. 하지만 나는 묻고 물어 삼위산을 떠난 후 한 달 만에 드디어 이윤이 사는 집을 찾아냈다…….

다시 만난 이윤

"아니, 이런 거지가 우리 재상님을 만나겠다고?"

이윤의 집에 도착했건만 집사장과 하인들이 들어가지 못하게 했다.

'안 되겠구나. 강하게 나아가야겠다.'

"네 이놈, 나는 이윤의 친구니라! 이게 보이느냐?"

나는 국자랑 검을 내밀었다. 검을 받아든 집사장은 눈을 동그랗게 뜨고 살펴봤다.

"어서 가서 네 상전에게 그 검을 전하라!"

집사장이 눈짓하자 하인 하나가 검을 받아들고 안으로 들어갔다. 금방 이윤이 달려 나왔다. 나이가 들어 얼굴이 조금 변했지만 틀림없이 이윤이었다!

"우량이, 이게 얼마만인가!"

"이윤이, 그동안 잘 있었는가?"

우리는 와락 끌어안았다가 팔을 펴고 서로 얼굴을 바라봤다. 우리는 한동안 목이 메어 말을 할 수 없었다.

"난 보다시피 그저 평범한 유목민이 됐다네. 하지만 이윤이 자네는 성공할 줄 알았지!"

이윤이 내 옆에 서있던 천마를 알아봤다.

"아니, 아직도 천마를 데리고 다니네!"

"내 목숨을 구해준 놈이야. 자네 말 남토는 어디 있는가?"

그러자 이윤은 금방 눈시울을 붉혔다.

"곤륜산맥 근처에서 헐값에 팔았어. 당시 형편이 그럴 수밖에 없었다네. 나중에 병력을 보내 아무리 찾았어도 허사였다네. 천마야, 주인을 잘못 만나 뼈만 남았구나. 그동안 잘 있었니?"

이윤이 얼굴을 만지자 천마는 '히히힝!' 하고 반갑게 인사를 했다.

"천마가 자네를 기억하는 모양일세."

이윤은 집사장에게 명했다.

"집사장, 먼 길을 온 이 말을 특별히 잘 먹이도록 하게."

집사장이 눈짓하자 하인 한 명이 천마의 고삐를 잡고 마구간으로 갔다. 집사장은 정중히 고개를 숙여 나에게 사과했고 나도 목례로 답했다. 이윤이 내 손을 이끌며 말했다.

"유목민이 아니라 거지가 다 됐구먼. 자, 어서 안으로 들어가세."

지난 20년 가까운 세월 동안 있었던 얘기를 어떻게 다할 수 있으랴. 들어보니 이윤도 보통 고생을 한 것이 아니었다.

"……경당을 떠나 남토에 도착했을 때 나는 지금 자네처럼 거지가 다 됐었네. 남은 거라고는 국자랑 검 하나뿐이었지."

이윤이 차를 한 모금 마시더니 잔을 내려놓았다.

"나는 천해에서 구사일생으로 살아났네. 사실 죽은 목숨이었어."

나도 차를 한 모금 마시며 말했다.

"나는 우량이 자네가 번한 천문대 정도는 충분히 들어갈 줄 알았는데⋯⋯."

"유위자 어르신의 말씀을 듣지 않아서 내동댕이쳐졌지."

"어르신의 말씀?"

"어르신께서 면접할 때 절대로 땅이 둥글다는 말을 하지 말라고 하셨지 않은가. 하지만 담보라는 천문장이 묻는데 거짓말을 할 수가 없더구먼."

"아니, 단지 그 이유 하나 때문에 내쳐졌단 말인가?"

"담보라는 놈이 아주 교만했어. 자기가 천문 분야만큼은 대선인 어르신보다 못하지 않다고 큰소리치더라고."

"필부들이 고위직에 올라가면 나라에 큰 누를 끼치는 법이지. 유위자 대선인께서 인정하신 우리 우량이를 내치다니⋯⋯."

"나는 나고⋯⋯, 자네는 어떻게 재상이 됐는가? 빨리 얘기해보게. 궁금해 죽겠네."

"먹고 살기 위해 일단 국자랑 출신이라는 신분을 숨기고 대부족장 댁의 하인이 됐네."

"어떻게?"

"내가 요리를 잘 하지 않는가. 우선 대부족장님 주방에서 일하게 됐지."

"결국 요리 실력이 자네를 살려줬구먼."

"그렇지. 나를 살려준 건 열심히 암기한 서효사가 아니라 요리 실력이었다네."

"그럼 요리를 올리면서 대부족장님께 잘 보였단 얘기네."

"아니야. 요리사는 대부족장님을 직접 알현하는 것이 거의 불가능해."

"그러면 어떻게 지금 재상의 위치로 올라갔는가?"

"일단 탕 대부족장님을 직접 뵈었지."

"성함이 탕이신가? 그런데 어떻게 뵈었어?"

"가끔 일부러 음식을 대부족장님 구미에 맞지 않게 조금 짜거나 싱겁게 했지. 그랬더니 어느 날 대부족장님이 나를 꾸짖기 위해 부르시더라고."

"아하!"

"혼내시며 내 출신을 물으셔서 국자랑 출신이라고 말씀드렸지. 그랬더니 깜짝 놀라시며 나라를 다스리는 일에 대해 이것저것 물으시더라고."

"그래서?"

"그래서 몇 가지 답하면서 국자랑 검을 가져다 보여드렸더니 당장 요리사를 그만두게 하시고 일단 말단 자리를 주셨어."

"천만다행이었네!"

이윤이 고개를 끄덕이며 답했다.

"그렇다네. 이제 평생 모셔야 할 내 주군이시라네."

"그야 당연하지. 사람은 은혜를 갚아야 해. 은혜를 모르는 놈은 사람이라고 볼 수 없지."

"내 주군 탕은 아주 훌륭하신 분이라네. 백성들이 모두 진심으로 우러러 본다네."

"화하족이신가?"

"아니, 배달족 출신이야."

"배달족이면 요임금, 순임금, 우임금처럼 되실 수도 있겠네……."

'앗, 실수했다. 이윤이 듣기 거북한 말을 했구나.'

나는 이윤의 표정을 살폈다. 이윤은 개의치 않고 말했다.

"바로 그거야!"

"바로 그거?"

"지금 우왕이 세운 하나라가 망하기 직전이야."

"그래? 나는 서토와 북토에 걸쳐 살아서 중원이나 남토의 정세는 전혀 몰라. 걸왕이라는 나쁜 놈이 있다는 말은 들었지만……."

"이제 자네도 알아야지. 걸왕이 아주 못된 놈이어서 백성들의 원성이 하늘을 찌를 것 같다네."

"얼마나 나쁜 놈인데?"

"아주 못된 놈이야. 초기에는 탕 주군님도 붙들려갔다가 재물을 주고 풀려나셨다네."

"그게 정말인가?"

"그런데도 탕 주군님은 나를 여러 번 그놈한테 보냈다네. 재주가 있으니 가서 좀 도와드리라고……."

"그래?"

"매번 푸대접을 받고 그냥 돌아왔지. 신하들의 말을 전혀 듣지 않고 점점 더 포악해지는 것 같네."

"하나라는 조선이 독립을 인정해주는 제후국 중 으뜸인데……."

"그래서 나는 배달족인 내 주군이 조선의 도움을 받아 하나라를 멸하고 새 제후국을 세웠으면 해."

"그게 쉬울까? 하나라는 그래도 17대에 걸쳐 400년이 넘었는데. 네 주군 생각도 같아?"

"그렇다네. 주군 입장에서도 대부족장보다 조선이 인정하는 제후국 왕이 되시는 것이 당연히 낫지. 그러자면 하나라를 멸망시키고 인수하면 모든 일이 훨씬 쉽지 않겠나. 내가 하나라를 멸망시키기 위해 매일 새롭게 발전하시라고 주군 세수하시는 욕조에 이렇게 새겨드렸다네."

이윤은 다섯 글자를 썼다.

日新又日新

"일신우일신, 매일 새로워지라는 뜻이구면."

"아무튼 우리는 나름대로 하를 멸망시킬 준비를 차근차근 하고 있어. 일단 1만 정예군을 육성했다네."

"군인 얘기하니 말량이 생각나네. 말량이 소식은 아는가?

"말량이는 번한 무관학교에 들어갔으니까 별일이 없었으면 지금쯤 막 장군이 됐을 게야."

여기서 이윤은 갑자기 말을 끊고 하인을 불렀다.

"여기까지 오느라고 고생했으니 일단 객사에 가서 목욕부터 해. 정말 거지가 따로 없네그려. 목욕하면 새 옷을 줄 테니 갈아입게. 저녁 때 술 한잔하면서 더 얘기하도록 하지."

뜨거운 물에 목욕을 하고 이윤이 준 비단옷으로 갈아입으니 하늘을 날 것 같았다.

"비단옷이 잘 어울리네."

"태어나서 처음으로 비단옷을 입어본다네."

"이제 사람같이 보이니 내 마누라와 인사하게. 마누라는 귀족 출신이라 좀 사람이 빡빡하다네."

"빡빡하다니?"

"여러 가지 문제가 있는데……, 이를테면, 말을 함부로 한다네."

이윤이 시녀를 시켜 부르자 부인이 나타났다.

"안녕하세요. 이윤 안사람입니다."

부인이 인사하자 나도 자리에서 벌떡 일어나 인사했다.

"반갑습니다. 저는 우량이라고 합니다. 이윤이는 천하에 둘도 없는 친구입니다."

"남편이 항상 칭찬해 귀에 못이 박힐 정도입니다. 입만 열면 그저 우량, 말량밖에 모른답니다."

대화를 나눠보니 부인은 상냥하기만 했다.

'이런 아내를 이윤은 왜……. 아, 저 미소에 속으면 안 되나보다.'

순간 나는 천해에 남겨놓고 온 아내가 생각났다.

"내일 주군을 뵈러 같이 갈 생각이오."

이윤이 말하자 부인은 일어서며 이윤을 불러냈다.

"여보, 잠깐 봐요."

나는 화장실에 다녀오다가 부부가 나누는 대화를 우연히 듣게 됐다.

"……여보, 주군께 저런 친구를 소개하면 당신이 위험해질 수도 있어요."

"그게 무슨 말이오?"

나는 걸음을 멈추고 귀를 기울였다.

"우리 친정아버님 얘기 몰라요? 친구가 배신해서 결국 하나라 관직에서 물러나셨잖아요."

"우량은 그런 친구가 아니오."

"세상일을 어떻게 알아요? 친구가 더 유능하면 주군은 당신을 멀리할 수밖에 없는 거예요."

"어허, 그런 말 하지 말아요. 우량은 나의 은인이나 마찬가지인 친구입니다."

"출세 앞에서 친구 같은 건 필요 없어요. 저 사람은 틀림없이 나중에 당신에게 방해물이 될 거예요."

이윤이 갑자기 언성을 높여 말했다.

"부인, 말 함부로 하지 마세요."

나는 서둘러 제자리로 돌아왔다. 잠시 후 이윤이 돌아와 자리에 앉으며 물었다.

"그래 앞으로 어쩔 셈인가?"

"일단 유위자 대선인을 찾아뵙고 더 공부를 하고 싶어."

"특별히 갈 곳이 없다면 나랑 같이 탕 대부족장님을 모시지 않을 텐가? 꿈이 큰 우리 주군께 천문은 꼭 필요한데……."

"그건 아닐세. 탕 대부족장님을 모시는 것은 이윤 자네의 운명이고, 나는 내 운명이 따로 있다고 생각해."

"유위자님이 우량 자네를 기다리고 계신 것도 아니고……. 솔직히 지금 어디 계신지도 모르는 것 아닌가? 막연히 묘향산 어디 계시겠지 하고 마한 땅으로 가는 것 같은데……."

"자네 말이 맞아. 하지만 대선인 어르신을 찾아 떠나는 것이 현재로서는 옳다고 생각하네. 이유는 없어. 그냥 그것이 하늘의 뜻이고 내 팔자라고 믿네. 오죽하면 처자식을 놔두고 길을 떠났겠나."

대부족장 탕

다음날 이윤은 나를 대부족장 탕에게 데리고 갔다. 말이 대부족장이지 탕은 여느 왕이나 다름없는 위엄을 갖추고 있었다. 접견실은 매우 컸고 벽 중앙에는 태호복희가 만든 조선의 태극기가 걸려 있었다.

탕은 키가 무척 컸으며 흰 얼굴에 구레나룻을 길렀다. 탕은 자리에서 일어나 나를 맞이하며 큰 소리로 외쳤다.

"과인이 복이 넘쳐 유위자 대선인 어르신의 국자랑 제자를 한 분 더 만나게 됐소."

"전하, 우량 인사드리옵니다."

"어서 자리에 앉으시오. 우선 차나 한잔합시다."

탕은 시녀들에게 차를 주문했다. 이윤이 이미 나에 대해 보고를 했는지 탕은 나에 대해 잘 알고 있는 듯했다. 얘기를 나누다 보니 탕은 절대로 속내를 드러내지 않는 사람처럼 느껴졌다.

시간이 꽤 지났을 때 동쪽 벽을 가리키며 말했다.

"과인은 유위자 대선인을 누구보다 존경하고 있다오. 작년에 아한 단군이 돌아가셔서 과인이 조문하러 아사달에 직접 갔다 오지 않았소. 그때 대선인께서 저 족자를 주셨소이다."

거기에는 내가 방에 들어설 때부터 유심히 봐둔 커다란 비단 족자가 걸려 있었다.

道之大原出乎三神也
道既無對無
稱有對非道
有稱亦非道也
道無常道
而隨時
乃道之所貴也
稱無常稱
而安民
乃稱之所實也
其無外之大　無內之小
道乃無所不含也

天之有機　見於吾心之機
地之有象　見於吾身之象
物之有宰　見於吾氣之宰也
乃執一而含三
會三而歸一也
一神所降者是物理也
乃天一生水之道也
性通光明者是生理也
乃地二生火之道也
在世理化者是心理也
乃人三生木之道也
蓋大始三神造三界
水以象天
火以象地
木以象人
未木者
柢地而歸乎天
亦始入企地　而出能代天也

나는 아한 단군이 돌아가셨다는 말에 놀라 글이 눈에 들어오지
않았다.

"아한 단군이 돌아가셨다고요? 그럼 누가 새 단군이 되셨나요?"

"화백회의에서 우가 출신 흘달이라는 분을 13대 단군으로 선출
했다오."

'천해에 박혀 살다보니 대단군이 바뀐 것도 까맣게 몰랐구나.'

나는 잠시 생각에 잠겼다. 그런 내 태도가 조금 못마땅했는지 탕
이 다시 비단 족자를 가리키며 말했다.

"도해 단군 시절 유위자 대선인께서 주신 가르침이요. 전서체로
적혀 있지요. 하지만 우리는 아직 갑골문자를 쓰고 있어서 조선의
전서체를 읽을 수 있는 사람이 이윤 한 사람밖에 없소. 우량 선생
께서 저 내용을 이 탕에게 한 번 설명해 주시겠소?"

'아, 나를 시험하고 있구나. 어쩌면 내가 자신이 없으니까 화제
를 족자에서 새 단군으로 바꿨다고 탕이 오해할 수도 있겠다.'

나는 정신을 차리고 큰 소리로 글을 읽어 나아갔다.

도지대원출호삼신야
도기무대무
칭유대비도
유칭역비도야
도무상도

이수시

내도지소귀야

칭무상칭

이안민

내칭지소실야

기무외지대 무내지소

도내무소불함야

천지유기 견어오심지기

지지유상 견어오신지상

물지유재 견어오기지재야

내집일이함삼

회삼이귀일야

일신소강자시물리야

내천일생수지도야

성통광명자시생리야

내지이생화지도야

재세이화자시심리야

내인삼생목지도야

개대시삼신조삼계

수이상천

화이상지

목이상인

부목자

저지이출호천

역시인립지 이출능대천야

내가 읽기를 마치자 탕이 감탄해 외쳤다.

"놀랍소이다! 한 글자도 틀리지 않으셨소!"

이윤이 거들었다.

"우량에게 이 정도는 누워서 떡 먹기입니다."

"우량 선생, 그럼 해석을 한 번 해주시겠소?"

탕이 다시 부탁해 나는 아래처럼 설명했다.

도의 큰 근원은 삼신에게서 나옵니다

도란 이미 아무것도 없는 것에 대하여 말할 수 없는 것이며

도라고 말하면 그것은 도가 아니며

도가 있다고 말하면 역시 도가 아니니라 하였습니다

도란 항상 같은 도는 없으며

이는 때에 잘 따르는 것이니

이러므로 도의 귀함이 있다는 것입니다

쓰임이란 항상 같이 쓰임이 없으므로

백성을 편안하게 합니다

이에 잘 쓰임으로 해서 열매를 맺는 것입니다

그 겉모양이 큼도 없으며 그 속이 작음도 없음으로

도라는 것은 감싸지 못하는 것이 없습니다

하늘에는 기틀이 있어 내 마음속에 기틀이 있음을 볼 수가 있으며

땅에는 모양이 있어 내 몸의 모양이 있음을 볼 수가 있으며

사물에는 주관함이 있으니 내 기를 주관함이 있는 것을 볼 수가

있습니다

이에 하나를 잡아도 셋을 포함하며

셋을 모으면 하나로 돌아감인 것입니다

일신이 내려옴은 사물의 이치이니

바로 천일은 물을 낳은 도입니다

성품이 광명에 통함은 삶의 이치이니

바로 지이는 불을 낳은 도입니다

세상에 교화를 펌은 마음 다스림의 이치이니

바로 인삼은 나무를 낳은 도입니다

대저 크게 시작함이 삼신이 삼계를 만드셨으니

물은 하늘을 본뜨고

불은 땅을 본떴으며

나무는 사람을 본뜬 것입니다

대저 나무라는 것은

땅에 뿌리를 두고 하늘을 향하였으니

역시 사람도 땅을 밟고 서서 능히 하늘을 대신함입니다

내가 해설을 마치자 탕은 손뼉을 치며 외쳤다.

"우량 선생, 훌륭하오! 훌륭해! 선생의 재주를 시험한 이 탕을 용서해주시오."

"용서라니 무슨 말씀이십니까. 가당치 않습니다."

"하늘이 이 탕에게 이윤을 보내주시고 이렇게 우량 선생까지 보내주셨소. 이제 우량 선생도 방랑을 끝내고 이 탕과 함께 하나라를 도모합시다!"

탕의 노골적인 부탁에 나보다 이윤이 더 놀란 듯했다.

"아닙니다. 저는 가야 할 곳이 있습니다."

"가긴 어딜 간단 말이오? 이 탕과 함께 남토를 정벌합시다."

"저는 그럴 수 없습니다."

"어째서 그럴 수 없단 말이오? 이 탕이 그렇게 부족합니까?"

"물론 그건 아닙니다."

"이 탕이 이렇게 부탁드리오."

탕은 갑자기 나에게 큰절을 해 나도 황망히 맞절을 했다.

"전하, 제가 꼭 해야 할 일이 있습니다."

"그게 무엇이오?"

"저는 오로지 천문지리에 무불통달하고 싶은 사람입니다. 그래서 저는 조선에 계신 유위자 대선인님을 뵈어야 합니다. 그러기 위해 천해에 있는 처자식도 버리고 온 사람입니다."

"그러면 일단 그 어르신을 뵙고 인생을 결정하시지요. 그 어른을 뵙는다고 해서 우량 선생의 일이 조선에서 잘 풀린다는 보장도 없지 않겠소?"

"전하, 저는 조선에 관직을 구하러 가는 게 아닙니다. 그냥 공부를 더 하고 싶을 뿐입니다."

잠시 침묵이 흘렀다. 탕이 결심한 듯 잘라 말했다.

"과인은 학문이 무엇인지 이해하는 사람입니다. 우량 선생의 생각을 존중해드리겠소."

이윤이 탕에게 청했다.

"전하, 신이 우량과 함께 묘향산으로 가서 유위자 대선인을 뵙고 오겠습니다. 그리하여 주군의 미래에 대해 상세히 여쭤보고 돌아오겠습니다."

"얼마나 걸리겠소?"

"한 달은 넘게 걸릴 것입니다만……."

"그럼 다녀오도록 하시오. 대선인은 아마 묘향산에 계실 것이외다. 이번 아한 단군의 장례 일에는 크게 관여하지 않는다고 말씀하셨소. 지난 수십 년간 대선인이 국태사로서 아한 단군을 보필하다가 잠시 물러났을 때 돌아가시는 바람에……. 대선인께 과인의 선물도 전해 주시오……."

묘향산을 가다

이리하여 나와 이윤은 호위 병졸들과 하인들을 거느리고 묘향산으로 떠나게 됐다. 나는 태어나 처음으로 마차를 타고 호사스런 여행을 했다. 천마는 아무런 짐도 지지 않고 나를 따랐다. 객잔이 없는 곳에서는 밤에 천막을 치고 잤지만 집에서 자는 것만큼 편했다.

'출세한 친구와 같이 가니 정말 좋구나.'

평생 고생만 하고 살아온 나는 이번 여행 중 느낀 바가 많았다. 자리에 누울 때마다 천해에 남기고 온 처자식이 생각났다. 어떤 날은 흘러내린 눈물이 베개를 흠뻑 적시기도 했다.

보름이 지나 묘향산에 도착했다. 묘향산은 일명 향산이라고도 하는데 향기로운 나무가 많아서 그렇게 이름이 지어졌다고 했다. 묘향산은 백두대간에서 남서쪽으로 뻗어 나온 산맥에 자리 잡고 있었는데 산세가 제법 험준했다. 나와 이윤은 군대를 골짜기 입구에 주둔시키고 둘이서만 경당으로 올라갔다. 경당 연병장에서 교관의 무술지도를 받고 있던 국자랑들을 보니 옛날 생각이 절로 났다. 교육을 참관하던 젊은 교관 하나가 우리를 발견하고 다가오며 조심스럽게 물었다.

"실례지만 어떻게 오셨습니까?"

"혹시 유위자 대선인께서 여기 계신지요?"

내가 묻자 교관은 당황한 기색이었다.

"아, 아닙니다. 대선인께서는 여기 계시지 않습니다."

'이 친구 거짓말이 서툴구나.'

나는 국자랑 검을 건네주며 말했다.

"제가 교관의 국자랑 선배가 될 것이오. 옛날 대선인께 가르침을 받은 적도 있는 사람이니 사실대로 말해주세요."

교관은 칼집에서 검을 꺼낸 후 꼼꼼히 살펴봤다.

"삼청궁 경당을 단기 535년에 졸업하신 우량 선배님이시군요. 십 년 선배님을 몰라 봬 죄송합니다! 저는 치용이라고 하옵니다."

교관은 다시 검을 칼집에 넣고 돌려주며 주먹을 쥔 오른손을 가슴에 대고 깍듯이 예를 표했다.

"대선인 어르신은 여기 계시지요?"

"예, 선배님. 현재 대선인께서는 명상 중이셔서 사람들을 멀리하고 계십니다. 그래서 제가 결례를 범했으니 용서해 주시기 바랍니다."

"용서고 말고가 어디 있습니까. 그래, 지금 어디 계시오?"

"어르신은 칠성봉 암자에서 수련하고 계십니다."

"그럼 제가 암자로 가보겠습니다."

"보아하니……, 먼 길을 오신 것 같은데 잠깐 쉬었다 가시지요. 유명한 묘향산 약초 차를 대접해드리겠습니다."

"그럼 그리 하십시다."

"같이 오신 분은……."

"아, 이 사람은 내 국자랑 동기요."

치용 교관은 이윤에게도 깍듯이 인사를 하고 앞장서 우리를 경당으로 안내했다.

치용 교관은 우리를 칠성봉 암자까지 안내했다. 암자에 이르자 산새들이 우리를 보고 지저귀기 시작했다. 눈을 지그시 감고 암자에 앉아있던 노인이 뒤도 돌아보지 않은 채 호통을 치셨다.

"어허, 아무도 데리고 오지 말라고 했지 않느냐!"

'아, 저 목소리!'

그 노인은 틀림없이 유위자 대선인이셨다! 치용 교관이 당황한 목소리로 아뢰었다.

"멀리 남토에서 어르신을 찾아온 국자랑 선배님들이 계셔 모시고 왔습니다."

"남토에서?"

대선인은 고개를 돌려 우리를 물끄러미 바라보셨다. 우리는 얼른 큰절을 올리며 인사드렸다.

"대선인 어르신, 삼청궁 경당에서 가르침을 받은 우량이옵니다!"

"소생 이윤이옵니다!"

"오호, 우량이와 이윤이, 너희들 반갑구나! 우량이 너는 왜 이제

야 왔느냐! 빈도는 벌써부터 기다리고 있었는데! 어디 일어나 보거라, 얼굴을 보자!"

대선인은 나를 무척 반기셨다.

"감성에 자리 잡고 인사를 올 줄 알았는데 20년이 지나서야 나타나다니……. 알았다! 면접 때 땅이 둥글다고 말했구나!"

"그러하옵니다, 어르신."

"쯧쯧, 빈도 말을 듣지 않았으니……. 그런데 남토에서 왔다는 말이 무슨 뜻인고?"

나는 그 동안 있었던 일을 간단히 말씀드렸다.

"그런 고생을 했구나, 멍청한 번한 천문관놈들."

내 말을 다 듣고 유위자 대선인은 혀를 찼다.

"이윤이, 너는 그 동안 어떻게 살았느냐? 이름이 이윤이니 손해를 보고 살지는 않았겠구나, 하하하. 척보니 이제 귀티도 나고……."

"저는 화하족 출신이어서 결국 남토에서 자리를 잡게 됐습니다."

이윤은 그 동안 있었던 일을 자세하게 말씀드렸다. 특히 주군 탕이 하나라를 멸하고 싶은 뜻을 가지고 있다고 강조했다. 이윤의 말을 듣고 대선인은 잘라 말씀하셨다.

"빈도는 아한 단군 때부터 하나라를 멸해야 한다고 주청을 드렸느니라."

우리는 너무 놀라 대선인의 입만 바라봤다.

"아한 단군 재위 2년 여름에 발이 하나 달린 짐승이 아사달 근처 강가에 나타나 슬피 운 일이 있었다. 참으로 기이한 일이었지. 단군께서 빈도에게 물으시기에 대답을 드렸다. 나라가 흥하려면 좋은 징조가 있고 망하려면 나쁜 징조가 있는 법입니다. 그것은 하나라에 사는 기이한 동물 양수라는 것인데 난을 피해 이곳까지 와서 슬피 우는 것입니다. 천문을 봐도 하나라의 수명이 다한 것으로 보입니다. 하나라 밖에 사는 사람이 다시 나라를 세우면 수백 년 갈 것입니다. 이렇게 말이다……."

설명을 마친 대선인이 이윤에게 물으셨다.

"네 주군 탕은 화하족이냐?"

"아닙니다. 제 주군은 배달족이옵니다."

"빈도가 탕을 만난 적이 있느니라."

"주군께서도 그 얘기를 항상 하십니다. 개천축제 때 뵈었다고……. 그 때 주신 글을 집무실 동쪽 벽에 걸어놓고 매일 아침 읽고 계십니다."

"그 때 빈도가 탕의 사주를 봤느니라."

"사주가 무엇입니까?"

그 때까지 이윤은 사주가 무엇인지 모르고 있었다.

"빈도는 태호복희 왕이 만든 환역도 공부했느니라. 이후 자부 대선인께서 정리하신 역학 부분은 겨우 이해한 것 같다. 사람이 태어난 해, 달, 날, 때를 여덟 환자로 알면 일생을 어느 정도 예측할 수 있느니라."

'아, 스승님은 환역까지 알고 계시구나.'

"탕은 왕이 될 사람이다! 탕이 바로 하나라 밖에 사는 사람이야!"

대선인이 외치듯 말하자 이윤은 뛸 듯이 기뻐했다.

"제 주군이 왕이 된다고요? 스승님, 감사합니다! 감사합니다!"

"당시 탕에게 빈도가 직접 말하지는 않았다. 그 때는 빈도도 수양이 모자랐고……, 환역도 아직 정리돼야 할 부분이 많이 남아있기 때문이다. 하지만 왕이나 제후가 될 사람의 사주팔자는 거의 들어맞느니라. 빈도가 최근 다시 탕의 사주를 봤는데 아마 틀림이 없을 것이다. 이번 기회에 아예 나라 이름도 새로 지어라. 대부족도 나라나 마찬가지니 이름을 갖는다고 단군께서 불경하게 여기지 않으실 게다."

"이름까지요? 스승님, 그럼 이름을 무엇이라고 지을까요?"

"백성들이 장사를 열심히 하면 나라가 융성하지 않겠느냐? 그러니 '상'이 좋을 듯싶구나. 단군께서 보시기에도 불경하지 않고……."

대선인은 비단 조각에 환자를 써서 이윤에게 주셨다.

이윤은 그 비단 조각을 소중히 접어 바랑에 넣으며 대선인에게 물었다.

"스승님, 한 가지 여쭤볼 것이 있습니다."

"무엇이냐?"

"처음 저희가 산에서 뵀을 때 주먹밥을 드리지 않았습니까."

"그랬지."

"그때 스승님께서도 답례로 저희에게 뭔가 주신다고 하셨습니다."

"그랬나?"

'야, 이윤이가 별 걸 다 기억하고 있네. 이름이 역시 이윤이다.'

"그런데 저희가 적극적으로 안 받겠다고 해서 주지 않으셨습니다."

"맞아, 그랬지."

"그때 저희에게 뭘 주실 작정이셨습니까?"

"왜, 지금이라도 달라고?"

"아, 아니요! 그냥 궁금해서요."

"너희들이 받지 않을 게 확실해서 그냥 생색만 내봤지."

"아, 그러셨습니까!"

우리는 모두 배를 쥐고 웃었다.

"이윤이 너에게 부탁할 것이 있다."

"무엇이옵니까?"

"빈도는 옛날 네가 만들어준 꿩 요리보다 더 맛있는 것을 먹어본 적이 없다. 빈도를 위해 내려가서 꿩 요리 좀 해다오."

이윤이 신이 나 외쳤다.

"꿩 요리라면 백 마리라도 해서 올리겠습니다! 당장 내려가시지요! 일단 병사들에게 꿩을 잡아오라고 시키겠습니다!"

대선인은 예의 짓궂은 표정으로 말씀하셨다.

"하하하, 백 마리까지는 필요 없고……."

지구를 그리다

이윤은 묘향산에 보름 정도 머물다 남토로 돌아갔다. 이후 나는 본격적으로 유위자 대선인의 가르침을 받게 됐다.

"너는 학문이 제법 높으니 이제 네 스스로 빈학이라고 칭할 것을 윤허하겠노라."

"스승님, 감사합니다!"

"특히 네가 그린 지도는 아주 인상적이었다. 천해가 호수라는 사실은 알고 있었지만 초승달 모양을 하고 있다는 말은 너에게 처음 들었느니라."

"스승님께 칭찬을 들으니 몸 둘 바를 모르겠습니다."

"신기한 일이로고. 과연 천해는 천해로다. 그런데 달이 있으면 해도 있어야 하거늘……."

"천해가 달이라면 해는 천산이 아니겠습니까."

"그럴 듯하구나."

"스승님, 그동안 여기저기 다니면서 우리 지구의 크기를 대강 알아냈습니다."

"지구의 크기를? 어떻게?"

"빈학이 북토 흑룡강에 갔을 때 하늘의 북극 고도가 45도였습니다. 그러니까 그림으로 그리면 이렇게 됩니다."

나는 전에 그려놓았던 그림들을 보여드렸다.

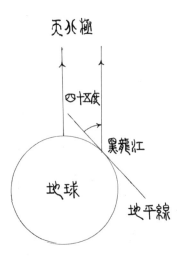

"빈학이 남토 양자강에 갔을 때 하늘의 북극 고도가 30도였습니다. 이 경우는 그림으로 그리면 이렇게 됩니다."

나는 지구에 양자강 위치를 나타낸 그림도 보여드렸다.

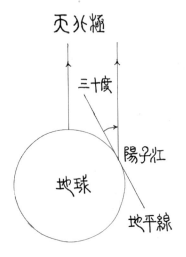

"이런 사실로부터 지구의 크기는 대략 이 정도 되는 것 같습니다."

나는 둥근 지구에 대략 바다의 크기를 그린 그림을 보여드렸다.

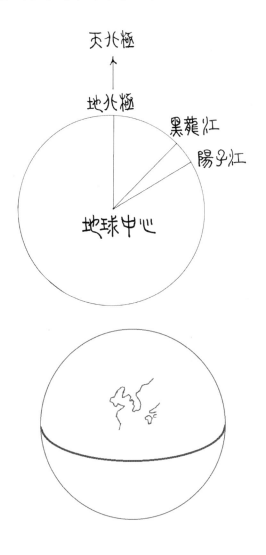

"대단하구나, 대단해! 지구의 크기를 알아내다니!"

"스승님께서 칭찬해 주시니 빈학 몸 둘 바를 모르겠습니다."

"그런데 지구 가운데 이 굵은 선은 무엇인고?"

"하늘의 북극이 지평선으로 떨어지는 곳입니다."

"그럼 그 선 더 아래로 내려가면?"

"천구의 북극이 지평선 아래로 지는 대신 천구의 남극이 지평선 위로 올라오리라 생각합니다."

"천구의 남극?"

"그런 것이 있으리라 생각합니다. 북극성처럼 남극성이 있을 수도 있고요."

"가만있자……. 그러면 그 선은 천구의 적도에 해당되는 '지구의 적도'로구나!"

순간 나의 머리를 스쳐가는 것이 있었다!

"그러하옵니다, 대선인 어르신! 그 지역에 가면 천구의 적도가 항상 머리 위로, 즉 천정으로 와야 하옵니다! 그러니까 '지구의 적도'가 되는 것입니다!"

"허어, 대단하다! 우량이 처음으로 지구에 적도 개념을 도입했구나! 지구에도 적도가 있다는 사실을 발견한 거야!"

"스승님과 빈학이 이런 얘기를 나눈다는 사실을 세상 사람들은 절대로 이해하지 못할 것입니다."

"그러니까 우리가 선인의 길을 가는 것 아니겠느냐. 그러나 구을 단군 시절 황보덕이란 분에 비하면 우리는 아무 것도 아니다.”

“처음 듣는 이름이옵니다.”

“기록에 의하면 우리보다 한 술 더 뜨셨다. 완전히 새로운 우주론을 주장했던 분이시지.”

“새로운 우주론이요?”

“그의 우주는 천동우주가 아니라 지동우주라고 말할 수 있느니라.”

대선인은 지동우주라고 쓰셨다.

地動宇宙

“지동우주라 하면…….”

“지구가 아니라 해가 우주의 중심에 있다는 뜻이지. 이 우주론에서는 지구가 해를 돌게 된다. 그러니까 지동우주인 셈이지.”

하도와 낙서

　어느 날 대선인께서 태호복희의 음양오행 우주론을 그림과 함께 가르쳐 주셨다.

　"태호복희 왕은 음양오행 우주론을 통해 5원소는 물 → 나무 → 불 → 흙 → 쇠 순서, 환자로는 수 → 목 → 화 → 토 → 금 순서로 순환한다는 주장을 하셨다. 첫 번째 수 → 목은 수생목, 즉 물이 나무를 살린다는 뜻이다. 마찬가지로 이하 목생화, 즉 나무가 타야 불이 살며, 화생토, 즉 불에서 흙이 태어났다가, 토생금, 흙 속에 쇠가 있으며, 금생수, 쇠에서 물이 나오도록 상생한다. 즉 상생 순환은 '수생목 → 목생화 → 화생토 → 토생금 → 금생수' 순서로 이뤄지는 것이다. 5원소를 하나씩 건너뛰게 되면 상극이 된다. 즉 상극 순환은 수극화 → 화극금 → 금극목 → 목극토 → 토극수 순서로 이뤄진다."

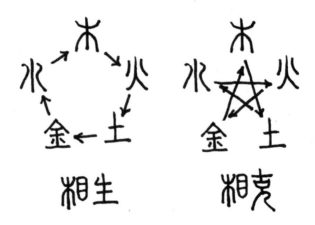

설명을 멈춘 대선인께서 옆에 놓여있던 바둑판을 당겨놓으며 물으셨다.

"이 바둑판 기억나는가?"

"예! 자부 대선인님 바둑판이군요! 그런데 소생은 바둑을 둘 줄 모릅니다."

"늦었지만 지금부터라도 배우도록 해라. 아사달 같은 곳에서는 바둑을 못 두면 대접을 받을 수 없다."

"알겠습니다."

"그런데 오늘은 바둑을 가르쳐주려고 그러는 게 아니다. 우량아, 이게 무엇인 줄 아느냐?"

대선인은 흰돌과 검은돌을 바둑판 위에 늘어놓았다.

"옛날 자부 대선인도 틀림없이 이 바둑판으로 하도를 설명하셨을 거라고 믿는다. 아마 이렇게 돌들을 놓으셨을 게다. 이게 바로 태호복희가 용마의 등에 새겨진 무늬를 보고 만들었다는 하도니라."

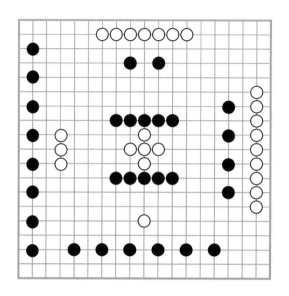

"하도요?"

대선인은 종이를 당겨 하도라고 쓰시며 말씀하셨다.

"한마디로 천지의 흐름, 즉 우주의 순환을 설명하는 그림이다. 복희 왕이 목 → 화 → 금 → 수 상생을 정리한 것이지."

우리 조선에서는 홀수를 천수, 즉 '하늘의 숫자'로 짝수를 지수, 즉 '땅의 숫자'로 여겼다. 하도를 보니 천수는 흰 돌, 지수는 검은 돌로 표시돼 있었다. 흰 돌들은 1 → 3 → 7 → 9 순서로 휘돌며 가운데에서 바깥쪽으로 나가는 형상을 이루고 있는 반면 검은 돌들은 2 → 4 → 6 → 8 순서로 휘돌며 역시 가운데에서 바깥쪽으로 나가는 형상을 이루고 있었다.

"음양오행 우주에서 1·6은 수, 2·7은 화, 3·8은 목, 4·9는 금, 5·10은 토에 해당된다. 따라서 태호복희 5원소는 하도에서 이렇게 배치된다. 이 하도 우주관의 특징은 '순환'에 있다. 즉 목 → 화 → 금 → 수 기운의 변화는 봄 → 여름 → 가을 → 겨울 계절의 변화를 낳는다고 보는 것이다."

즉 대선인의 가르침에 따르면 아래 그림처럼 5원소가 배치되어 순환한다는 것이 하도의 우주관이었다.

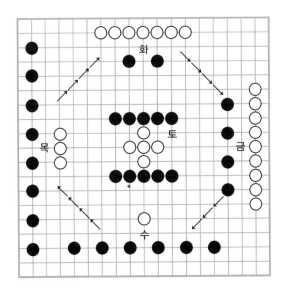

대선인의 설명이 이어졌다.

"그런데 문제는 목 → 화 → 금 → 수 순환이 자연스럽지 못하다는 것이다. 즉 목 → 화, 금 → 수 → 목은 목생화, 금생수, 수생목 때문에 문제가 없지만 화 → 금은 화극금, 즉 불이 쇠를 녹이기 때문에 진행이 되지 않는다는 것이다. 빈도는 이 부분을 도저히 이해할 수가 없느니라."

대선인은 생각에 잠기셨다. 나도 하도를 열심히 들여다봤지만 아무런 생각도 들지 않았다.

"그 얘기는 나중에 하고……, 하나라를 세운 우왕에 대해서 아느냐?"

'갑자기 하나라 우왕 얘기는 왜 꺼내실까?'

"예, 조금은 아옵니다만……."

"그 우왕이 낙서를 만든 것도 아느냐?"

"낙서라니요?"

대선인은 종이를 당겨 낙서라고 쓰셨다.

洛書

그리고 바둑판의 돌들을 흩트리시더니 아래 그림과 같이 늘어놓으셨다.

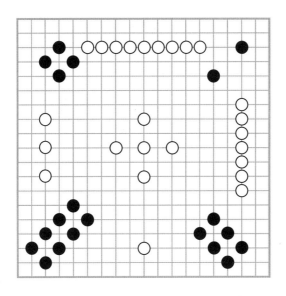

　"이게 바로 하나라의 우왕이 태호복희의 하도를 본떠 만든 낙서
다. 어느 방향으로 세 덩어리를 합해도 15가 된다. 우왕이 낙수라
는 강에서 거북 등을 보고 그렸다고 해서 낙서라고 하느니라. 낙
서에서도 1·6은 수, 2·7은 화, 3·8은 목, 4·9는 금, 5·10은
토에 해당된다. 순환의 방향은 하도와 반대로 수 → 화→ 금 → 목
→ 토 순서로 역행한다. 즉 낙서는 상극의 순환, 수극화 → 화극금
→ 금극목 → 목극토 → 토극수를 보여주는 그림이지."

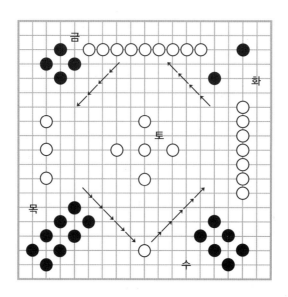

　"그런데 이 낙서에서도 문제가 수 → 화 → 금 → 목 순환이 자
연스럽지 못하다는 것이다. 즉 수 → 화 → 금 → 목은 수극화, 화
극금, 금극목 때문에 문제가 없지만 목 → 수는 목극수가 아니기
때문에 진행이 되지 않는다는 것이다. 빈도는 이 부분도 도저히
이해할 수가 없느니라."

유위자

다시 만난 말량

단기 555년 가을 날 유위자 대선인께 가르침을 받고 있는데 교관 한 명이 들어와 아뢰었다.

"어르신, 아사달로부터 말량 장군님이 와서 뵙고자 합니다."

'말량? 말량이라고?'

그 말을 들은 나는 기절초풍해 초당을 달려 나갔다. 한참을 달려 경당 대문에 도착해보니 갑옷을 입은 장군이 대여섯 명의 부하들과 함께 말을 탄 채 기다리고 있었다. 장군의 얼굴을 찬찬히 뜯어보니 틀림없이 말량이었다!

"말량이, 자넨가?"

내가 다가서자 말량이가 말에서 뛰어내려 두 팔을 활짝 열고 나를 맞았다.

"우량이, 살아있었네!"

우리는 와락 끌어안았다가 팔을 펴고 서로 얼굴을 바라봤다.

"이게 얼마만이야! 그래 별일 없었고?"

"별일? 많았지!"

"자네가 천해로 떠난 뒤 내가 얼마나 걱정했는지 아는가? 하늘 아래 어디 있나 했더니 여기 묘향산에 있었구먼!"

나는 두 손을 마주잡고 말량이를 찬찬히 살펴봤다. 양 어깨의 장군 계급장이 돋보였다.

"역시 장군이 됐네!"

"흘달 단군께서 올해 읍차 장군으로 진급시켜주셨어."

"나는 자네가 번한에 있는 줄 알았는데."

"번한에서 진한으로 전출됐다네. 번한이나 진한은 같은 조선이니까 인사이동이 가능해."

"그래도 대단군이 계신 진한으로 왔으면 더 잘 된 것 아닌가? 평판이 좋은 장교였구나."

"내가 활을 잘 쏘긴 하지. 그런데 자네야말로 여기 묘향산에 웬일이야?"

"유위자 스승님께 배우러 왔지."

"지금 계신가?"

"초당에 계셔."

"그럼 지금 뵙게 해 줘."

"여부가 있는가. 나를 따라 오게."

"너희들은 모두 여기서 대기하라. 나 혼자 유위자 대선인 어르신을 뵙고 오겠다. 여기는 어르신이 계신 곳이니 모두 말에서 내리고 언행을 각별히 조심하라."

말량은 부하들에게 명을 내린 후 나랑 같이 걷기 시작했다.

"참, 부모님은 안녕하시냐?"

"부, 부모님은⋯⋯, 두 분 다 돌아가셨어."

"돌아가셔? 정말?"

"자네가 떠난 이듬해 무서운 돌림병이 안덕향까지 왔지. 그 때 돌아가셨어."

"아, 하늘도 무심하시지. 명도전 백 개로 빚을 갚아드리고 싶었는데……."

나는 쏟아지는 눈물을 주체할 수가 없었다. 잠시 걸음을 멈추고 소매로 눈물을 훔쳤다.

"그래서 나도 안덕향이 싫어졌지. 도저히 그 집에 살 수가 없었네. 그게 진한으로 간 이유 중 하나라네."

말량도 맨주먹으로 눈물을 닦기 시작했다.

"아니, 장군이 울면 어떻게 하는가."

"장군은 무슨……, 불효막심한 놈이라네."

우리는 다시 걷기 시작했다.

"참, 여기로 오는 길에 이윤을 만났어."

"그래? 그 녀석 살아있어?"

"살아있는 게 뭐야. 그 친구 아주 잘 나간다네. 탕이라는 대부족장 밑에서 재상 자리를 맡고 있어."

"대부족장?"

"말이 대부족장이지 왕이나 마찬가지야. 다스리는 백성의 숫자만 수십만이야."

"하긴, 이윤이는 광야에다가 내던져도 살아남을 친구지. 언제 우리 셋이 다시 만나야 할 텐데……."

"이윤이 얘기는 차차 하기로 하고⋯⋯, 자네 왜 스승님을 뵈러 왔는가?"

"단군 천자님의 명을 받아 왔네."

"흘달 천자님의 명?"

"맞아."

"천자님의 명이면 물어보면 안 되겠군."

말량은 주위를 살펴보더니 말했다.

"어차피 알게 될 텐데, 뭐. 한 달 후 천자님이 이리로 오실 거야."

"그게 정말인가? 천자님이 이렇게 먼 묘향산까지?"

말량은 손가락을 입에 대며 목소리를 낮춰 말했다.

"쉿! 목소리가 너무 커."

"왜 이 산속까지 오시는데?"

"그야 뻔하지. 천자님이 유위자 어르신을 아사달로 직접 모시고 가려고⋯⋯."

"하긴, 그 동안 보내신 친서만 세 통이나 되니⋯⋯."

"어르신이 거절하는 답장을 한 번 보낸 이후 일체 연락이 없으니까 답답해서 직접 내려오시는 게야."

"그럼 천자께서 화가 많이 나셨나?"

"그건 아냐. 천자님도 유위자 어르신을 국태사로 명하는 것이 자기 욕심이라고 생각하고 계셔. 유위자 어르신 나이도 있으니까……."

"하지만 하늘 아래 그 분을 대신할 사람은 없다 이거지?"

"천자께서는 정치를 잘 하고 싶으신 게야. 참으로 어진 분이시지. 유위자 어르신 도움이 꼭 필요하다고 생각하셔."

"그런데 천자께서 왜 자네를 보내셨지? 내 말은, 왜 하필 군인을……."

"아, 내가 삼청궁 경당에서 유위자 어르신을 직접 뵌 적이 있다는 사실을 아뢰었기 때문이지."

"다른 사람들은 스승님을 뵙지 못했는가?"

"의외로 어르신을 직접 뵌 젊은 신하들은 없더라고. 노인들 몇 분이 계시지만 그 분들에게 여행은 무리고. 그래서 내가 왔다네."

중간에 마구간을 지나며 말량에게 천마를 보여줬다. 천마는 말량에게도 '히히힝!' 인사했다.

"천마가 말량이 자네를 기억하고 있네. 하긴, 이윤이도 기억하고 있더라고."

"아니, 천마가 여태 살아있었네!"

"맞아, 이윤이 말 이름은 남토였고……, 말량이 네 말 이름이 뭐였지?"

"그놈은 벌써 죽었어."

"천마는 이제 늙어서 잘 달리지는 못해. 하지만 이 녀석은 내 생명의 은인이자 가족이라 내가 어딜 가도 꼭 데리고 다니지."

말량은 잠깐 천마의 머리를 쓰다듬어 준 후 다시 걷기 시작했다. 초당에 도착하자 말량은 군화를 벗고 정중한 태도로 들어가 유위자 대선인께 엎드려 큰절을 올렸다.

"어르신, 소장 오랜만에 뵙사옵니다."

대선인은 말량을 반갑게 맞이하셨다.

"오, 자네 우량이 친구 아닌가? 이름이 뭐였더라……."

"말량이옵니다."

"맞아! 자네, 우량, 이윤 이렇게 셋이 친했지. 어서 일어나 편히 앉게."

말량이 일어나 대선인을 중심으로 내 맞은편에 자리를 잡고 앉았다. 대선인이 입가에 미소를 머금고 말씀하셨다.

"빈도를 강제로 아사달에 데려가려고 왔지?"

"그럴 리가 있사옵니까."

말량이 허공에 두 손을 저었다.

"아니면 조선의 장군이 이 첩첩산중에 무슨 볼 일이 있어서 와?"

"소장 흘달 천자님의 명을 받아 달려왔사옵니다."

"무슨 명?"

"한 달 후 천자님께서 대선인 어르신을 만나러 직접 여기로 오시겠다고 전하라 말씀하셨습니다."

대선인은 깜짝 놀라셨다.

"뭐, 뭐라고? 천자님이 이 묘향산으로 오신다고?"

"그렇사옵니다."

"허어, 이런 낭패가 있나……."

'낭패? 스승님은 정말 속세로 나가시기 싫으시구나.'

대선인은 한동안 아무 말씀도 없으셨다.

신지가 되다

한 달 후 정말로 흘달 단군이 묘향산에 납시었고 경당은 발칵 뒤집어졌다. 인근 고을 백성들은 물론 수령들까지 모여 단군을 맞이했다. 단군이 단상에 자리를 잡자 단하에는 제일 앞에 대선인이 홀로 서고 그 뒤에 주요 관리들이 자리를 잡았으며 수천 명의 백성들이 이들을 둘러쌌다. 나는 대선인 제자였기 때문에 맨 앞줄에 서서 단군의 모습을 잘 볼 수 있었다.

단군이 대선인에게 큰소리로 물으셨다.

"대선인께서는 왜 이 흘달을 미워하는 것입니까?"

"천자 폐하, 그럴 리가 있겠습니까."

대선인이 엎드리며 대답하자 단군은 짓궂게 물었다.

"그럼 어찌해 짐이 취임하고 거의 1년에 하나씩 보낸 친서들에 대한 답장을 한 번밖에 하지 않으셨소?"

단군의 질문에 대선인이 대답하지 않자 분위기가 무거워졌다.

"짐이 여인들에게 연모의 편지를 보냈을 때도 이번처럼 간절히 답장을 기다린 적은 없었습니다."

순간 경당은 웃음바다가 되고 무거운 분위기는 단번에 날아갔다.

"대선인께서는 짐의 옆으로 올라오세요. 여봐라! 여기 의자를 하나 대령하라!"

"신이 어찌 감히……."

대선인은 엎드린 채로 일어나지 않았다.

"허어, 또 단명을 어기시는구려."

경당은 다시 웃음바다가 됐다. 의자가 놓이자 단군은 단상에서 내려와 대선인의 손을 끌고 올라가 마련된 의자에 앉히셨다.

'이제 스승님도 더 이상 거부하지 못하시겠구나. 그래! 저게 나라를 다스리는 방법이다!'

단군이 선 채로 외치셨다.

"대한의 백성들은 모두 들으시오! 짐은 오늘 유위자 대선인을 조선의 국태사로 다시 모시려고 여기까지 왔소이다! 모두 만세삼창으로 이를 축하해주시오!"

사람들이 묘향산이 떠나가도록 만세삼창을 외쳤다. 대선인께서는 무슨 말을 하려다가 입을 다무셨다.

"이를 축하하기 위해 오늘 오후부터 밤까지 개천축제처럼 잔치를 열 것이오! 신하들은 가지고 온 음식과 술을 풀어 잔치 준비를 어서 시작하라!"

단명이 떨어지자 사람들은 모두 분주히 움직이기 시작했다. 단군은 대선인과 함께 경당 안으로 들어가셨다. 말량이 지휘하는 근위대 병력이 경당을 빙 둘러 에워쌌다. 나는 말량에게 다가가 이 얘기 저 얘기를 나누기 시작했다.

얼마쯤 지났을까. 갑자기 단군이 근위대장을 찾자 말량은 경당 안으로 들어갔다. 곧 나온 말량이 나를 바라보며 말했다.

"마침 잘 됐네. 대선인께서 자네를 찾으셔."

"나를? 나보고 안으로 들어가라고?"

"그렇다니까. 단군 천자님께 인사시키시려고 그러나 봐."

'아, 이 얼마나 기다리던 일인가!'

나는 옷매무새를 단정히 하고 경당 안으로 들어갔다. 단군과 대선인이 찻상을 사이에 두고 앉아계셨다. 나는 단군에게 큰절을 올리며 떨리는 목소리로 아뢰었다.

"다, 단군 폐하, 빈학 우량이라고 하옵니다."

"폐하, 말씀드린 빈도의 제자 우량이옵니다."

대선인이 나를 소개하자 단군이 부드러운 목소리로 말씀하셨다.

"우량은 고개를 들라."

"예, 천자 폐하."

나는 고개를 반쯤 들어 단군을 응시했다.

"국태사께서 자네를 그렇게 칭찬하시는구나. 그래 우량은 무슨 재주가 있는고?"

나는 갑작스러운 단군의 질문에 선뜻 답을 하지 못하고 허둥댔다.

"비, 빈학 그저 천문과 지리에 관심이 있을 뿐이옵니다."

"천문과 지리를 알면 다 아는 것 아닌가. 물론 환자도 잘 알겠지?"

"거, 거의 다 아옵니다."

내 대답이 시원치 아니하자 대선인이 끼어드셨다.

"폐하, 저 벽에 가림토 문자로 씌어 있는 것이 발귀리 대선인의
노래입니다."

"오! 그렇구려. 오랜만에 한 번 읽어봅시다."

단군은 소리 내어 가림토 문자들을 읽기 시작하셨다.

만물의 큰 시원 되는 지극한 생명이여!
이를 양기라고 부르나니
무형과 유형이 완전히 하나 되어 존재하고
텅 빔과 꽉 참이 오묘하구나.
삼신은 일신으로 본체를 삼고
일신은 삼신으로 작용 삼으니
무와 유, 텅 빔과 꽉 참이 오묘하게 하나로 순환하고
삼신의 본체와 작용 둘이 아니네.
우주의 큰 텅 빔 속에 광명 있으니 이것이 삼신의 모습이라네.
우주의 대기는 영원하니
이것이 삼신의 조화라네.
참 생명이 흘러나오는 시원처요 모든 법이 이곳에서 생겨나니
일월의 씨앗이며 삼신 하느님의 참 마음이라네!

만물에 광명 비추고 생명선을 던져 주니

이 천지조화를 크게 깨달으면 큰 능력 얻을 것이요

성신이 세상에 크게 내려 만백성이 번영하리라.

그러므로 원은 1이니

하늘의 무극 정신을 뜻하고,

방은 2이니

하늘과 대비되는 땅의 정신을 말하고,

각은 3이니

천지의 주인인 인간의 태극정신이라네.

"오랜만에 읽어보니 마음이 밝아지는 듯합니다."

읽기를 마친 단군이 환한 미소를 지으며 말씀하셨다.

"저 노래는 가림토 문자로만 전해왔는데 이번에 우량이 환자로 정리했습니다. 우량아, 족자를 가져오너라."

대선인의 명이 떨어지자마자 내가 쓴 발귀리의 노래 족자를 대령했다.

氣妙用岐像拳生衷能象極極極太

良而其衷乞是乞而其衷極反太

名粗三用神神浩神覺有一也二也三也

是虛一體是是萬天圓有一也二也三也

極混體環兆存源子線世者二也三也

其而其一有長所乞以干圓者

一有一妙虛氣命月照降故方者禽者

火爽三混火火眞日以火

"호오! 이게 저 사람이 쓴 것이란 말입니까?"

족자를 찬찬히 뜯어보며 단군이 명하셨다.

"우량은 이 족자를 한 번 읽어보라."

"예에, 폐하."

나는 목소리를 가다듬고 족자를 읽어 내려갔다.

대일기극 시명양기

무유이혼 허조이묘

삼일기체 일삼기용

혼묘일환 체용무기

대허유광 시신지상

대기장존 시신지화

진명소원 만법시생

일월지자 천신지충

이조이선 원각이능

대강우세 유만기중

고 원자 일야 무극

방자 이야 반극

각자 삼야 태극

내가 읽기를 마치자 단군이 다시 칭찬하셨다.

"이걸 우량이 직접 썼단 말이지요? 역시 국태사님의 제자는 대단합니다!"

'아, 이제 나를 인정해주시는구나.'

곧이어 단군의 입에서 놀라운 말이 튀어나왔다.

"우량을 신지에 봉하겠습니다. 마침 잘 됐습니다. 연로하신 신지께서 오래전부터 그만두시겠다고 청하고 있습니다. 하지만 워낙 중책이고 대신할 인재가 없어 만류하던 참이었는데 잘 됐습니다."

나는 너무 놀라 대선인을 바라봤다. 대선인은 말없이 고개를 끄덕이셨다. 나는 얼른 단군에게 다시 한 번 큰절을 올리며 고했다.

"빈학 목숨을 바쳐 임무를 완수하겠습니다."

"국태사께서 우량이 자네 재주를 침이 마르도록 칭찬하셨다. 지금 이 순간부터 조선의 신지가 되었으니 국태사께서 아사달로 가시는 길에 함께 가도록 하라. 아사달에 가면 거처는 짐이 마련해주겠노라."

4부

오성취루를 보다

개 천 기 5

오
성
취
루
를

보
다

나는 유위자 대선인과 함께 아사달로 갔다. 그리고 아사달에 자리를 잡자
마자 제일 먼저 천해에 병력을 보내 처자식들을 데려왔다. 아내는 내가 오
랫동안 돌아오지 아니하자 죽은 줄 알고 포기하고 있었다. 다시 만난 처자
식들의 기쁨은 말할 나위가 없었다. 우리 가족이 꿈에서나 그리던 삶을 살
게 된 것이었다. 특히 아내는 말량의 아내와 가까이 지내 나의 마음을 편하
게 했다…….

하나라 걸왕

세월이 흘러 단기 567년이 됐다. 이윤도 탕 대부족장의 사절로 아사달에 왔다. 아사달에 도착한 날 저녁 나는 이윤을 집으로 불렀다. 집 대문을 들어서자마자 기다리고 있던 말량이 이윤을 와락 끌어안았다.

"이윤아, 이게 얼마만이냐!"

말량이 너무 세게 끌어안은 바람에 이윤은 비명을 질렀다.

"이 사람아! 이거 놓고 얘기하세!"

두 친구는 팔을 펴고 서로 얼굴을 바라봤다.

"이게 얼마만이야! 왜 진작 오지 않았는가?"

말량이 원망하듯 말하자 이윤이 답했다.

"나라 일이 좀 많아야 말이지. 재상이라는 사람이 나라를 오래 비울 수도 없고 차일피일 미루다 보니 그렇게 됐네. 이번에 볼일이 있어 왔네."

"볼일이라니?"

"나중에 얘기하세."

"자네 아사달은 처음이지?"

"드디어 이 이윤이가 아사달에 왔다네."

나는 두 친구를 안으로 데리고 들어갔다. 이윤이에게는 아내도 인사시켰다. 술이 한두 차례 돌자 이윤이 푸념했다.

"하나라 걸왕의 학정이 극에 달했다네. 주위 부족장, 대부족장들에게 단군보다 더 많은 공물을 요구하고 있어. 특히 우리 상나라에는 아주 가혹한 요구를 하고 있다네."

상나라라는 말을 들은 나는 너무 기뻤다.

"아, 이제 상나라라고 호칭하는가? 스승님 가르침대로?"

"하나라 걸왕의 눈치를 보다가 최근에 와서야 상나라라고 부른다네. 사실 제후국이라고 다 같은 제후국은 아니지 않은가. 하나라처럼 왕검 단군께서 세워주신 제후국은 다른 제후국보다 등급이 더 높다고 봐야지. 그러니까 제후국들끼리 조공을 바치고 그런 것 아닌가."

"그건 그렇네."

"그런데 우리가 유위자 대선인께서 이름을 지어주셨다고 말하면서 당당하게 상나라라고 호칭하니까 하나라에서 괘씸하게 여기는 것 같아. 그런데 자네들 요즘 남토에 널리 퍼진 '주지육림'이라는 말을 아는가?"

이윤은 종이에 네 글자를 적었다.

酒池肉林

"걸왕은 화려한 궁전 가운데 커다란 못을 파고 향기로운 술로 가득 채웠다네. 주위 나무에는 고기를 주렁주렁 매달아 숲을 이뤘다고 하고. 술로 만든 그 연못에서 말희라는 년과 배를 타고 노는 게 일과라네. 주지육림이란 바로 이걸 가리키는 말일세."

"참, 한마디로 죽일 놈이로구면. 이거 그냥 놔두면 안 되겠는 데……."

말량이 맞장구치자 이윤이 목소리를 낮춰 말했다.

"그래서 주군과 나는 하나라를 치려고 하네. 자네들 생각은 어떤 가?"

내가 잠시 생각한 후 말했다.

"그 부분이 미묘한 것 같네. 하나라는 왕검, 부루 두 단군이 세 워주신 제후국일세. 조선의 군신들은 하나라에 애착을 느끼고 있 어."

내 말을 듣고 이윤은 술이 깬 표정을 지었다.

"그리고 조선 입장만 생각하면 안 된다네. 하나라에 인접한 대부 족들 입장도 고려해야 해. 만일 전쟁이 나면 그들에게 파병을 요 청해야 명분도 선다고 보네."

"우량이, 그럼 우리는 어찌해야 하는가?"

"단군께서는 걸왕을 그냥 폭군 정도로 알고 계시네. 걸왕이 하나 라 백성들에게 얼마나 극악무도한 짓을 하고 있는지 계속 말씀드 려야 한다고 봐. 내가 더 노력하겠네."

말량이 처음으로 입을 열었다.

"단군의 마음을 확실히 돌릴 수 있는 분은 국태사 어르신밖에 없다고 보네. 잠시 강화도 참성단에 가셨지? 아사달에 언제 돌아오시는가?"

"겨울이 되면 돌아오신다고 하셨으니 곧 오실 걸세."

내가 말량에게 답하자 이윤이 단호한 목소리로 말했다.

"내 주군은 이미 결심을 하셨네. 더 이상 지체할 수 없어."

"이 사람아, 조급하면 일을 망치네. 때가 무르익을 때까지 기다리게."

"그 말도 일리가 있지만 지금 공격 안 하면 김이 샌다네. 만반의 준비를 다해놓고 이미 오래 기다렸단 말일세. 오히려 기다리다가 때를 놓칠 수도 있지 않은가. 주군은 내가 돌아가면 바로 공격하겠다고 말씀하셨네."

잠시 침묵이 흘렀다.

"그리고 우리 상나라도 내부 문제가 좀 있다네. 내 생각에는 하나라를 공격해야 자연스럽게 단합이 돼 그런 문제도 풀 수 있다고 봐. 정치란 생각보다 훨씬 복잡하다네."

말량이 침묵을 깼다.

"일단 상나라가 하나라를 공격하는 시늉만 내면 어때? 그냥 군대를 하나라 영토 안으로 진주시키면 단군이나 주변 제후국들의 반응이 나올 것일세. 그걸 보고 결정해도 늦지 않다고 보네."

"그러니까 진군해도 전투는 벌이지 말란 말이지? 그것 묘수 같은데! 일단 진군하면 내부 문제도 풀리고……."

이윤은 무릎을 탁 쳤다. 우리는 술자리를 치우고 밤늦게까지 여러 가지 작전들을 논의했다.

한 달 후 말량이 나의 집으로 급히 달려왔다. 자리를 잡고 앉자마자 말량이 놀라운 말을 꺼냈다.

"단군께서 나에게 하나라로 진군하라고 명하셨네! 드디어 상나라의 군대가 하나라로 들어간 모양이야!"

"그래?"

"낮에 하나라 사신이 와서 구원병을 요청하지 않았는가. 풍백을 비롯한 몇 명의 신하들이 단군께 4백 년이 넘게 조공을 바친 하나라를 도와야 한다고 주장했다네."

"아니, 풍백 영감이 왜 나서……."

"오래 전부터 하나라로부터 뇌물을 받아왔다네. 이럴 때를 대비해서 걸왕 녀석이 손을 써둔 것이지."

"걸왕이 생각보다 똑똑하고 사람도 잘 보네. 풍백 같이 욕심이 많은 사람을 한눈에 알아보고 손을 써놓았단 말이지."

"하나라에서 옥으로 만들어진 귀한 보물들을 풍백에게 바쳤다고 하네."

"아, 단군께서 간신들에게 휘둘려 폭군을 도와주시게 되겠군……. 내 말을 들으실 것 같지도 않고……. 그래 뭐라고 명을 내리시던가?"

말량의 얘기를 들어보니 단군이 제시하신 조건은 다음 세 가지였다.

첫째, 탕은 즉시 진군을 멈추고 회군할 것
둘째, 걸왕은 회군하는 탕을 공격하지 말 것
셋째, 탕은 걸왕에게 계속 조공을 바칠 것

"우량이, 자네 걱정하던 대로 단군께서 걸왕을 살려주시는 결정을 내렸다네."
"그래 언제 출발하는가?"
"일단 5백 군대를 끌고 출병하고 번한 안덕향에 가서 다시 5천 군대를 인수하라는 명을 내리셨네."
"일단 단명대로 탕의 군대를 철수시키세. 현재로서는 그 방법밖에 없네."
"알았네."
말량은 서둘러 일어섰다.
"그럼 이렇게 하세. 내가 총사인 자네를 돕기 위해 군사로서 같이 가겠다고 단군께 주청하겠네. 그거야 반대하실 이유가 없지 않은가."
"같이 가서 뭐 하게?"
"아무래도 내가 직접 보고 들어야 직성이 풀릴 것 같아서 그러네. 같이 가서 이윤을 만나 상의하세."

"이윤이를 도우려다가 자칫하면 우리 모두 항명으로 엮일 수도 있네. 풍백의 무리들은 우리가 친구 사이라는 걸 아직 모르지만 눈을 시뻘겋게 뜨고 우리를 감시할 걸세."

"이건 분명히 하세. 자네와 내가 친구 이운 때문에 상나라를 돕는 것은 아니라는 것일세. 폭군 걸왕을 벌하고 하나라를 멸하기 위함임을 우리 사이에서도 분명히 하자는 말일세."

"여부가 있는가. 도탄에 빠진 하나라 백성들을 구출하겠다는 일념뿐일세."

휴전

나와 말량은 5백 군대를 끌고 번한의 도읍지 안덕향에 도착했다. 우리는 번한의 15대 제후 소전 왕을 알현하고 정중히 인사드렸다.

"부단군 전하, 그간 별고 없으셨습니까. 대단군 천자님의 명을 받아 총사 임무를 수행하게 된 조선의 읍차 장군 말량 인사드리옵니다."

"빈학 군사 임무를 맡게 된 조선의 신지 우량이옵니다."

소전 왕은 옥좌에서 뛰어 내려와 우리를 맞이했다.

"오호, 아사달에서 유명한 두 분이 이 누추한 곳까지 오시느라 노고가 많았소. 그래 흘달 천자님께서는 안녕하시오?"

"천자님께서는 전하에게 인사의 말씀을 전하라고 명하시었습니다."

"자, 두 분, 연회장으로 가십시다. 인솔한 병졸들에게도 술과 고기를 잘 대접하라고 과인이 이미 명을 내렸소이다."

"전하의 은혜가 하늘과 같사옵니다."

소전 왕이 직접 안내한 연회장에 번한의 신하들도 따라왔다. 지정된 자리에 앉아 신하들의 면모를 찬찬히 살펴봤다. 나이가 많은 신하가 셋이 있었는데 그 중 하나가 바로 천문장 담보라였다!

'아니, 저 놈이 아직도 천문장을 맡고 있네. 저 자식 때문에 내

인생이…….'

나는 분이 치밀어 견딜 수가 없었다. 한참 여흥이 지났을 때 나는 결국 담보라에게 말을 걸었다.

"그런데 담보라 천문장님은 아직도 다른 사람의 물건을 강탈하면서 사시오?"

그 말을 들은 좌중 사람들은 눈이 동그랗게 돼 나를 바라 봤다.

"그, 그게 무슨 말이오?"

담보라는 기절초풍해 말을 더듬었다.

"빈학에게 자부 대선인의 천동우주 그림을 빼앗지 않으셨습니까. 그 귀하디귀한 보물 아직 잘 가지고 계시지요?"

담보라는 기겁을 한 얼굴로 나를 찬찬히 살펴봤다.

"다, 당신은 예, 옛날에 며, 면접했던…….."

"맞소, 천문관이 되기 위해 면접을 봤던 바로 그 젊은이외다. 이제 그 보물을 돌려주셨으면 합니다."

내 말을 들은 담보라는 벌벌 떨었다. 흥이 깨진 좌중은 무섭도록 조용해졌다. 말량이 끼어들었다.

"우량 군사, 이게 무슨 말이요. 소전 전하 면전에서…….."

"말량 총사, 이 자리에 있어서는 안 될 강도 같은 사람이 있어서 전하께 알려드리고자 함이요."

"즈, 즉시 도, 돌려드리도록 하겠소이다."

"그럼 오후에 천문대에 들르겠소. 그 때 주시오."

"하, 한 번만 용서해 주시오. 이, 이렇게 빌겠소이다."

담보라는 두 손을 싹싹 빌며 사과했다. 상황을 파악한 소전 왕이 불쾌한 얼굴로 입을 열었다.

"천문장은 그 물건을 우량 군사에게 돌려주도록 하라. 그것이 천문장으로서 마지막 할 일이 될 것이니라."

담보라는 황급히 자리에서 일어나 연회장을 뛰어 나갔다.

"우량 군사, 과인이 대신 사과하리다. 과인의 신하가 조선의 신지에게 물건을 훔쳤다니……, 이제 과인의 체면을 봐서 더 이상 문제 삼지 마시오."

"전하, 빈학이 분을 참지 못해 면전에서 큰 실수를 저질렀나이다. 용서해주시옵소서."

나는 소전 왕에게 큰절을 올려 진심으로 사과했다.

'나도 나쁜 놈이다. 단군 천자 앞이었다면 감히 이러지는 못했을 터…….'

"자, 여러분. 모두 잔을 채우시오. 그리고 준비한 풍악을 울려라."

소전 왕이 사태를 수습하기 시작했다.

그 날 오후 나와 말량은 호위병력과 함께 말을 타고 천문대로 갔다. 천문장 방에는 담보라와 천문관들이 대여섯 명 모여 있었다. 용배 천문관과 대머리, 똥배도 눈에 띄었는데 모두 겁에 질린 모습이었다. 먼저 담보라가 무릎을 꿇고 천동우주 그림을 나에게 돌려줬다. 나는 말없이 그림을 돌려받았지만 말량은 기어코 그를 한대 걷어찼다. 담보라는 얼른 일어나 걸음아 날 살려라 도망갔다.

"용배 천문관님."

내가 이름을 부르자 용배 천문관은 사색이 다 돼 나를 바라봤다. 나는 부드러운 목소리로 말했다.

"옛날 빈학에게 하나라 천문대에 가라고 말씀하시며 주셨던 추천서를 돌려드리겠소."

돌려준 추천서를 본 용배의 표정이 밝아졌다.

"이, 이걸 아직도 가지고 계셨습니까. 처, 처음부터 빈학은 신지님이 범상치 않은 분이라고 생각했습니다."

"용배 천문관님의 친절을 한시도 잊은 적이 없습니다. 빈학이 그 은혜를 갚고 싶으니 소원이 있으면 한 가지만 말씀해 보세요. 신지인 빈학이 작은 일은 도와드릴 수 있습니다."

용배 천문관이 대답을 주저하자 내가 먼저 제안했다.

"혹시 이번 기회에 아사달 감성으로 자리를 옮기시지 않겠습니까?"

용배 천문관은 조심스럽게 물었다.

"그, 그게 가능한가요?"

"알았습니다. 그럼 이번에는 빈학이 추천서를 써드리겠습니다. 그것을 가지고 감성으로 가보세요. 이번 전쟁이 정리된 후 아사달에서 만날 수 있기를 바랍니다."

나는 비단천에 추천서를 써 주고 즉시 천문대를 떠났다. 나란히 말을 타고 돌아오며 말량과 얘기를 나눴다.

"말량, 나는 지금까지 단 한 번도 지위를 이용해 권세를 휘두른 적이 없었네. 천해에서 고생했던 시절을 잊지 않고 항상 허리를 낮추며 살았다네."

"그야 내가 잘 알지."

"하지만 이번 경우는 달라. 자네는 그 자식 때문에 내 인생이 어떻게 꼬였는지 잘 알지 않는가?"

"하하하, 자네 그놈 때문에 피눈물을 흘렸었지. 내가 자네 대신 한 대 걷어찼더니 속이 다 시원해지더라고."

"권세라는 것이 이렇게 좋은 것인 줄 몰랐네. 하긴 어떤 놈들은 항상 권세를 부리고 사니……."

"올바른 일을 할 때 부리는 권세는 좋은 것이라 생각하네. 그런데 따지고 보면, 그 놈 때문에 자네 인생이 더 잘 풀린 것 아닌가? 천산과 천해도 가보고, 처자식도 얻고, 지도도 그리지 않았는가 말일세. 하하하."

"그러고 보니 딱히 틀린 말도 아니구먼, 하하하."

번한의 지휘관 치운출 장군이 소전 왕의 명령을 받아 5천 군대를 이끌고 총사인 말량에게 신고함으로써 인수는 마무리됐다. 우리는 즉시 탕 대부족장의 군대가 주둔하고 있는 곳 근처까지 진군했다. 탕의 1만 군대는 하나라 2만 군대와 명조라는 곳에서 대치하고 있었다. 도착하자마자 우리 조선의 군대도 명조의 넓은 들판 한 쪽에 자리를 잡았다. 나와 말량은 호위 병졸도 없이 먼저 탕을 찾아갔다. 탕은 이윤과 함께 우리를 맞이했다.

대부족장 천막에서 일단 차를 한 잔씩 마신 후 탕이 나에게 물었다.

"우량 군사, 이 탕이 어찌하면 좋겠소? 백성을 도탄에 빠트리는 하나라 걸왕은 반드시 참해야 되지 않겠소?"

"전하, 결국 단군께서 손을 들어주는 제후가 이기게 돼 있습니다. 그 점을 항상 잊어서는 아니 되십니다."

"그러니 어쩌라는 거요? 단군 말씀대로 회군하란 말이요?"

"선택의 여지가 없습니다. 일단 단군의 세 가지 조건을 따르시고 훗날을 도모할 수밖에요."

"허어, 이런……."

탕은 한숨을 쉬었다.

"회군으로 그쳐서는 아니 됩니다."

"그럼 또 뭘 하라는 거요?"

"이윤을 단군께 사신으로 보내 사죄하십시오."

"이윤을 사자로? 그게 무슨 말이요?"

이윤도 펄쩍 뛰었다.

"아니, 우량이 자네, 그게 무슨 말인가?"

"자네가 아사달에 다시 가야 할 것 같네."

나는 다시 탕에게 말했다.

"일단 단군 천자님의 마음을 사로잡아야 합니다. 전하께서는 모든 일을 꾹 참고 때를 기다리셔야 합니다."

"때를 기다리다니, 기다리면 천자께서 마음을 돌리실까요?"

"제 버릇 개 주겠습니까. 걸왕의 횡포는 날로 심해질 것입니다. 그러다 보면 단군의 마음도 돌아서게 될 것입니다."

잠시 흐른 침묵을 내가 깼다.

"탕 전하, 바둑을 두다가 수가 안 보이면 기다릴 수밖에 없습니다. 상대가 하수이면 반드시 자충수를 둘 것입니다."

"자충수라면……."

"예를 들면, 단군이 명하신 세 가지 조건을 어길 수도 있고……."

이윤이 수긍했다.

"선택의 여지가 없다고 보네. 우량이 자네 말이 맞는 것 같으이. 전하, 제가 아사달에 다녀오겠습니다."

"달리 방도가 없는 것 같소. 이윤 군사가 두 분을 따라 조선에 다녀오시오. 원래 일단 군이 진주하고 반응을 떠보기로 한 작전이었으니 사실 크게 잃을 것도 없소."

"전하, 단명을 따라 걸왕에게 조공도 약속하십시오. 어차피 지난 몇 년간 보내왔던 것이니……. 이 우량은 확신합니다. 이번에 보내는 것이 걸왕에게 보내는 전하의 마지막 조공이 될 것입니다."

"마지막이라……. 우량 군사는 어떻게 그리 확신하시오?"

"국태사이신 유위자 대선인께서 곧 아사달에 돌아오십니다. 하나라를 멸하고자 하는 대선인의 뜻은 오래 전부터 확고하십니다. 그리고 단군은 대선인의 말씀을 따르실 것이니 두고 보십시오."

"유위자 대선인이 그 정도 위대하신 분이오? 그 분 말씀 한마디면 단군 천자님도 돌아서실 정도요? 그런 분이 하필 이럴 때 조선에 계시지 않다니……."

탕은 잠시 생각에 잠겼다. 그러자 침묵을 지키던 말량이 처음으로 입을 열었다.

"전하께서 단명을 따라 회군을 약속하셨으니 이 말량의 군대가 더 이상 이곳에 머물 이유가 없어졌습니다. 막 도착했으니 일단 쉬다가 전하께서 회군하시면 저희도 조선으로 돌아가도록 하겠습니다. 그래야 단군께 회군을 확인하고 돌아왔다고 보고할 수 있으니까요."

"말량 장군, 대치 상태에서 회군하기는 쉽지 않습니다. 회군할 때 기습을 받으면 전쟁은 지게 돼 있소. 당분간은 대치 상태를 유지해야 할 것 같소."

"어쨌든 저희는 하나라에도 단명을 통보하러 가야 합니다. 내일 하나라 진영으로 가겠습니다. 적진에 걸왕이 와 있습니까?"

이윤이 끼어들었다.

"그 주정뱅이가 전쟁터에 왔겠는가? 묵영치라는 상장군이 총사로 와 있다네."

"그럼 내일 묵영치를 만나 단명을 통보하도록 하겠네."

다음 날 우리는 2백의 호위 병졸을 거느리고 하나라 군영으로 갔다. 단군의 뜻을 전달했지만 묵영치라는 자는 막무가내였다. 말량이 참다못해 자리를 박차고 일어나며 외쳤다.

"네놈이 감히 단군 천자의 명을 어기겠다는 것이냐?"

"이놈아, 단군이 누군지 내가 알 바 아니다. 나는 오로지 걸왕 폐하의 명을 따르는 하나라 상장군이다. 썩 물러가거라!"

'단군이 누군지 내가 알 바 아니다? 이런 무도한 자가 있나. 그리고 걸왕 폐하? 폐하라는 말은 단군 천자님에게만 붙이는 말이거늘……'

묵영치의 불경스러움은 상상을 초월했다.

"네 놈이 정녕 이 단군 천자의 군대, 치우 천자의 군대, 하늘의 군대에게 도전하겠다는 것이냐?"

"하늘의 군대? 뭐, 천군? 하하하, 웃기지 마라. 너희는 고작 5천 아니냐. 우리는 여기에 2만이 넘게 와 있느니라. 파발만 띄우면 걸왕 폐하께서 3만 군대를 당장 더 보내주실 것이다, 이놈아! 이래도 덤비겠느냐?"

'뭐라고? 걸왕이 제후 주제에 무려 5만 군대를 유지하고 있다
고? 이는 우리 조선에 큰 위협이 아닐 수 없다. 걸왕은 반드시 제
거해야 할 놈이로구나.'

말량과 묵영치의 설전이 계속 이어지자 내가 나섰다.

"어허, 무장들이란……. 두 장군님은 일단 흥분을 가라앉히도록
하시오. 그렇게 홧김에 일들을 결정하면 반드시 후회하는 법이외
다. 도대체 두 분 나이가 몇이요……."

분위기가 약간 수그러드는 듯하자 나는 기회를 놓치지 않고 묵
영치에게 물었다.

"묵영치 장군은 처음부터 우리 조선의 군대와 무작정 싸울 생각
이었소?"

"그건 아니오."

기세등등하던 묵영치의 태도가 조금 사그라졌다.

"말량 장군, 우리도 단군 천자님의 명을 전하러 왔지 하나라 군
대와 싸우려고 온 것은 아니지 않소."

"그건 군사 말이 옳소."

말량도 눈치껏 물러섰다.

"묵영치 장군, 이렇게 하십시다. 장군의 뜻은 잘 알았습니다. 하
지만 탕이 단명을 받들어 회군의 뜻을 밝혔고 조공까지 약속했으
니 상황이 바뀐 것 아니오. 장군의 체면도 섰다고 봅니다. 전령을

보내 이 사실들을 걸왕 전하께 보고 드리고 다시 명을 받아오면 어떻겠소? 우리도 아사달로부터 다시 단명을 받아오겠소. 굳이 단명을 어겨가며 꼭 전쟁을 해야 되겠소?"

묵영치는 생각에 잠겼다.

"전쟁은 가장 나중에 취할 수 있는 방법입니다. 탕이 충분히 반성하고 예전으로 돌아간다면 굳이 공격할 이유가 없지 않겠소."

묵영치가 고개를 끄덕였다.

"그 말이 맞는 것 같소이다."

"그럼 우리는 일단 돌아가겠소. 그리고 우리에게 한 달 말미를 주시오. 아사달에 계신 단군 천자님의 재가를 얻고 명을 받으려면 한 달은 족히 걸리오. 절대로 그 전에 군대를 움직이면 아니 되오. 아무쪼록 걸왕 전하와 묵영치 장군님의 현명한 판단을 기대하겠소."

"그렇게 하겠소."

묵영치의 확답을 듣고 우리는 자리에서 일어났다.

상나라 탕왕

다음 날 나와 말량은 다시 대부족장 탕에게 가서 묵영치와 나눈 얘기를 모두 전했다.

"두 분 수고가 많으셨소. 적이 그렇게 나온다면 우리도 철군할 이유가 없소이다. 단군 천자님의 재가를 한 달 안에 받는다고 했으니 우리도 여기서 한 달 머물면 어떨까 하오."

이윤이 맞장구쳤다.

"주군 말씀이 옳습니다. 제가 아사달에 다녀오는 동안 회군을 하시면 바로 뒤를 쫓아 적이 침략할 것입니다."

내가 상황을 정리했다.

"그러면 말량 장군은 여기 계속 주둔하고 있고 이윤과 빈학은 아사달로 출발하겠습니다. 그리고 단명을 새로 받아 돌아오겠습니다. 열심히 말을 달려 한 달 뒤에는 돌아오도록 하겠습니다."

"그리 하시오."

탕왕도 내 말에 따랐다.

"아사달에 다녀오는 데 한 달이 걸리니……, 이런 거 보면 조선의 삼한관경제가 옳은 것 같으이. 옛날 치우 천자 시대에 어떻게 이 넓은 영토를 환웅 혼자 다스리셨는지 도저히 이해가 안 간다니까."

내가 이윤에게 푸념하자 탕왕이 물었다.

"삼한관경제가 무엇입니까?"

"조선을 마한, 번한, 진한 세 나라로 나누어 통치하는 방식을 말합니다. 아울러 삼한 밖의 하나라 같은 제후들도 인정해주는 제도라고 할 수 있습니다."

나와 이윤은 아사달에 도착하자마자 유위자 대선인부터 찾았다. 하지만 대선인께서는 그때까지도 아사달에 돌아오지 않으셨다. 다음 날 이윤은 흘달 단군을 뵙고 탕이 쓴 사죄의 편지를 전달했다. 단군은 이를 흡족히 여기고 말량의 군대를 되돌리라 명하셨다.

단명을 받고 명조로 돌아와 보니 이미 일은 벌어져 있었다. 묵영치가 단명을 어기고 하나라 5만 군대를 총동원해 탕의 퇴로를 차단하고 있었던 것이다! 나와 말량은 즉시 묵영치를 찾아갔으나 이번에는 막무가내였다. 배경에는 조선도 감히 5만이 넘는 군대를 어찌할 수 없을 것이라는 자신감이 깔려 있었다.

"걸왕이 단명을 어겼으니 이 우량이 다시 아사달에 가서 새 단명을 받아오겠소."

나는 자리를 박차고 일어났다. 돌아오는 길에 말량이 걱정스러운 목소리로 물었다.

"우량이 자네가 아사달에 다녀오는 동안 묵영치의 공격이 시작되면 어떻게 해야 하는가? 우리는 1만 5천, 적은 5만인데……."

"내가 최대한 빨리 다녀옴세. 하지만 묵영치도 쉽게 공격은 못할 게야. 누가 감히 조선의 군대에게 싸움을 건단 말인가."

"묵영치가 포악한 놈이니까……. 간자들에 의하면 걸왕에게 여러 차례 공격을 윤허해 달라고 졸랐다는 게야."

"걸왕은 바보라 지금 이대로가 좋을 게야. 즉 걸왕은 전쟁을 원치 않기 때문에 쉽게 허락하지 않을 걸세."

"그럴까?"

"어쨌든 내가 빨리 아사달에 다녀오겠네."

열흘 남짓 말을 갈아타며 쉴 새 없이 달리자 아사달에 도착했다. 도착하자마자 나는 열 일 제쳐두고 대선인을 찾아갔다. 다행히 대선인은 댁에 계셨다. 대선인은 다급한 내 보고를 듣지도 않고 술만 권하셨다.

"그래, 들판에서 얼마나 고생이 많았느냐. 이 좋은 술도 못 마시고……."

한참이 지났다.

"바람직하지 않은 제후국들을 정리하는 일은 단군 천자님이 꼭 하셔야 할 일이니라. 그래, 걸왕의 군대가 5만이라 했느냐?"

"예, 결코 허풍이 아니었습니다."

"그 녀석 언제 그렇게 군대를 키웠는고. 딴생각이 있었던 게로군. 그럼 우리는 10만 군대를 동원해야 되겠구나."

"예에? 10만의 군대요?"

"그럼 하나라 군대는 저절로 궤멸될 것이다."

"하지만 10만 군대를 어디서……. 우리 삼한의 군대를 다 긁어모아야 겨우 10만이 될 텐데요."

"누가 조선의 군대로 싸운다고 했느냐. 하나라 인근 제후들에게 병력을 차출하면 될 것 아니냐."

"그래도 10만이 될까요?"

"제후 녀석들도 걸왕처럼 몰래 키우는 사병이 꽤 될 것이다. 전쟁이 끝나면 차출되는 병력 숫자에 비례해서 하나라 땅을 나눠준다고 해라. 그러면 앞 다퉈 참전할 것이다. 그리고 이는 대단군의 명이다. 어느 제후가 감히 명을 어기겠느냐."

"……."

"전쟁에 이겨서 탕이 하나라의 땅을 모두 차지해도 결국 나중에 또 문제가 될 것이다. 제후국이 강성하거나 오래 가면 천자국 조선에 좋을 것이 없기 때문이니라. 남토인들이 하나라의 이름을 따서 스스로 화하족이라 부르지 않느냐. 이는 마치 화하족이 배달족에 견줄 수 있다는 느낌을 준다. 이번 기회에 걸왕을 핑계로 하나라를 반드시 멸해야 한다. 그리고 탕에게는 관중 땅 정도만 주면 된다."

"하지만 탕왕이 불만을 품으면……."

"폭군을 제거하는 것이 명분이니 탕왕도 땅 얘기를 깊게 하지는 못할 것이다. 그리고 탕은 실질적으로 1만 군대밖에 없지 않느냐. 우리가 10만 군대를 동원하면 사실 탕의 몫은 10분의 1밖에 안 되는 것이다. 대부족장에서 왕으로 등극하는 것이 더 중요한 탕에게 관중 정도의 땅이면 충분할 것이다."

"그러면 하나라가 망하고 상나라가 들어서도……."

"상나라도 수백 년은 갈 것이다. 하지만 제후국의 운명은 바뀌지 않느니라. 천 년 제후국이란 있을 수 없다……."

"스승님, 그런데 문제는……, 현재 어떻게 하나라 군대를 치느냐 마느냐가 문제가 아닙니다. 풍백 일당은 오히려 상나라를 치자고 간언해 단군 천자님의 심기를 어지럽히고 있습니다."

"그 문제는 빈도가 어제 단군께 말씀드렸으니 걱정마라. 내일 소집된 문무백관 회의에서 보면 알 것이다. 자, 술이나 한 잔 더 하자."

다음날 단군은 문무백관을 소집한 자리에서 말씀하셨다.

"짐은 국태사 어르신과 같이 논의한 끝에 도덕적으로 타락한 하나라를 멸망시키기로 결심했소."

단군의 말씀이 떨어지기가 무섭게 풍백이 반대하고 나섰다.

"폐하, 아니 되옵니다. 400년을 내려온……."

단군이 풍백의 말을 가로막고 말씀하셨다.

"하나라 걸왕의 뇌물을 받은 신하들이 있다는 말을 짐이 들었소. 풍백, 이게 사실이오?”

단군의 이 말에 웅성웅성하던 회의장이 갑자기 찬물을 끼얹은 듯 조용해졌다.

“아무도 짐에게 하나라 걸왕의 주지육림에 대해 보고하지 않았소. 걸왕이 백주에 얼마나 천인공노할 짓을 벌이고 사는지 아무도 보고하지 않았다는 말이외다. 짐의 눈과 귀를 가린 그대들은 신하의 도리를 다하지 못한 것이오!”

단군의 목소리에는 노기가 충전했다.

“짐은 이 책임을 물어 신하들의 우두머리인 풍백을 파직하겠소! 하지만 다른 신하들에게는 책임을 묻지 않겠으니 더 이상 부화뇌동하는 일이 없도록 하시오!”

모든 신하들이 엎드려 절을 하며 외쳤다.

“폐하, 단은이 망극하옵니다!”

단명을 들은 풍백이 혼절한 뒤 부축을 받고 나갔다.

‘아, 스승님이 다 정리하셨구나.’

나는 감탄한 눈으로 단군 옆에 서 계신 대선인을 바라봤다. 대선인은 눈을 지그시 감으시고 생각에 잠겨있었다. 단군이 나를 보고 큰 소리로 명하셨다.

“신지 우량은 번한 소전 왕에게 짐의 뜻을 전하라! 그리고 말량 징군과 힘께 하나라를 공격하라!”

다시 열흘이 지났다. 명조에 돌아와 보니 다행히 하나라와 상나라의 대치 상태가 유지되고 있었다. 사실 그동안 묵영치의 군대가 공격을 했으면 하나라가 이겼을 것이다. 걸왕의 우유부단함 때문에 하나라는 때를 놓친 것이었다. 내가 돌아다니며 단명을 전하자 하나라 땅에 군침을 흘리던 제후들이 앞 다퉈 군대를 내놓았다. 대선인의 예측은 정확히 적중했다. 순식간에 10만 군대가 모여 하나라의 5만 군대를 포위했다. 연합군의 위용에 지레 겁먹은 하나라 병졸들의 탈영이 이어졌다.

'아, 모든 일이 스승님의 예측대로 돼가고 있구나! 단군의 뜻도 세워주시고 이번 전쟁을 손바닥처럼 들여다보고 계시다!'

나는 대선인의 지혜에 탄복하지 않을 수 없었다. 그래서 나는 연합군 장군 회의에서 자신 있게 대선인의 작전을 설명할 수 있었다.

"……군사로서 조언합니다. 이제 시간을 끌면 끌수록 손해입니다! 단군 천자님의 공격 명령이 떨어졌으니 즉시 공격을 개시해야 합니다!"

그러자 총사인 말량이 우렁찬 목소리로 연합군 장군들에게 군령을 내렸다.

"모두 군사의 설명을 들으셨지요? 이제 때가 왔소이다! 모든 부대는 내일 날이 밝는 대로 하나라 군대를 공격하시오! 우리 조선의 군대가 공격을 시작하면 그것을 신호 삼아 모두 따라 나서기 바라오!"

"예, 총사!"

대답하는 장군들의 목소리에는 승리에 대한 자신감이 배어있었
다.

이리하여 전쟁이 시작됐다. 명분도 없고 사기도 떨어진 하나라
군대는 연합군의 상대가 되지 않았다. 묵영치의 군대는 여기저기
서 처참하게 죽어 나갔다. 결국 걸왕은 잡혀 죽었고 참전 제후들
은 하나라 땅을 골고루 나눠가졌다. 이리하여 단군의 즉위 승낙
을 받은 상나라 탕이 대부족장에서 왕으로 등극했으니 이는 단기
568년의 일이었다.

감성관장이 되다

"이번에 하나라 걸왕을 멸하고 상나라 탕왕을 등극시키는 데 수고들 많으셨소이다. 자, 모두 차나 한 잔 드시지요."

흘달 단군은 만면에 웃음을 띠고 차를 권하셨다.

"이 모두 천자님의 은덕입니다!"

유위자 대선인이 화답하셨다.

"짐은 이번 기회에 풍백은 물론 풍백을 통해 하나라 뇌물을 받은 운사와 감성관장까지 모두 바꿀 생각이외다. 공이 가장 큰 장군 말량은 운사를 맡으시오."

"단은이 망극하옵니다!"

말량이 큰 소리로 대답했다.

"신지 우량은 공석이 된 풍백을 맡으시오. 내일모레 50이니 나이도 적당하고 아주 좋소."

하지만 나는 단군에게 답하지 않았다. 단군이 놀란 눈으로 나를 쳐다보셨다.

"폐하, 빈학이 지금 풍백을 맡아서는 아니 되옵니다."

"아니, 신지는 풍백 자리가 싫소?"

"폐하, 빈학의 꿈은 천문지리에 무불통달하는 것입니다. 빈학이 천문을 더 집중적으로 공부할 수 있도록 이번 기회에 감성관장을 명해주시옵소서."

"구체적으로 무얼 하시고 싶은 게요?"

단군의 목소리에는 서운함이 서려있었다. 나는 마침 가지고 온 족자를 보여드렸다.

"폐하, 이것은 배달국 축다리 천자님 시대였던 개천 1428년 목성, 화성, 토성, 금성, 수성 등 오행성이 한 줄로 나란히 섰다는 기록입니다. 갑골문자로 '일월오성개합재자'라고 씌어있습니다."

"아니, 해와 달 사이에 오성이 주옥처럼 들어가 있지 않은가! 허어, 참으로 상서로운 모습이로다! 이게 아침인가 저녁인가?"

"행성이 늘어선 방향으로 봐 아침 동쪽 하늘의 모습입니다."

"그리고 보니 아침에 보면 금성은 항상 해의 오른쪽 위에 있더이다."

"맞사옵니다! 우리 조선에서는 황도가 그 방향으로……."

'앗, 무심코 황도 같이 어려운 말을 썼구나.'

내가 황급히 설명을 멈추자 단군이 무뚝뚝한 목소리로 말씀하셨다.

"짐도 황도 정도는 알고 있소!"

"단은이 망극하옵니다. 이 갑골문자들은 한마디로 해와 달과 오성이 모였다는 기록입니다. 이 기록은 워낙 특별한 것이어서 제후들에게 족자를 만들어 돌렸다고 합니다. 그리하여 천자의 위엄이 더해졌다고 기록돼 있습니다."

"이렇게 오성이 한 시야에 다 보이는 것이 수백 년에 한 번 일어나는 귀한 현상이오?"

"빈학이 감성의 기록을 뒤져본 결과 어떤 때는 2년 만에, 어떤 때는 20년 만에 오성이 한 시야로 들어옵니다. 하지만 그 주기가 매우 불규칙해서 예견하기는 어렵사옵니다. 더구나 이 족자 그림처럼 오성이 이렇게 서로 가까이 모이는 것은 삼사백 년에 한 번 일어나는 것 같사옵니다."

"그럼 삼사백 년 전에 기록이라도 있소?"

"예, 단기 381년 아술 단군 시절에 기록이 있습니다. 하지만 기록만 있을 뿐 그림은 없사옵니다. 이런 오성결집을 한 번만이라도 빈학 눈으로 직접 봤으면 여한이 없겠습니다. 아울러 빈학은 폐하께서도 오성결집을 보실 수 있기를 하늘에 간절히 기원하고 있나이다."

"하늘이 짐에게 그런 덕을 베푸실까요? 짐이 덕이 있어야 말이지요…….."

"폐하, 빈학이 감성관장을 맡아 오성결집 연구에 전념할 수 있도록 해 주시옵소서."

"신지의 뜻이 정 그렇다면야…….."

단군의 목소리가 많이 누그러졌다.

"단은이 망극하옵니다."

감성에 부임하자마자 용배 감성관이 나를 제일 반겼다. 내 도움을 받아 번한의 천문대에서 감성으로 온 그는 그 동안 실력으로 동료들의 신임을 받을 만큼 성장했다. 나는 첫 감성관 회의에서 오성결집 예측을 명했다.

"하늘에서 행성이 제자리로 돌아오려면 수성은 118일, 금성은 582일, 화성은 780일, 목성은 400일, 토성은 379일 걸립니다. 이것만 가지고도 예를 들어 지금부터 1년 뒤 행성의 배치를 충분히 예측할 수 있습니다…….."

감성관들은 내 말에 귀를 기울였다.

"……오성은 평균 10년마다 한꺼번에 하늘에 나타납니다. 하지만 배달국 축다리 천자님 시대에 일어났던 오성개합 같이 촘촘하게 모이는 것은 수백 년에 한 번 일어나는 것 같습니다. 이제 촘촘한 오성결집이 일어날 때가 됐다고 빈학은 생각합니다. 운이 좋으면, 하늘이 돕는다면, 우리가 죽기 전에 이런 오성결집을 볼 수 있다고 믿습니다. 빈학이 이미 보고를 드려서 천자 폐하께서도 오성개합에 대해 잘 알고 계십니다. 말씀은 아니 하시지만 천자께서도 오성결집을 보고 싶어 하시는 것 같습니다…….”

회의장은 기침 소리 하나 없이 진지했다.

“……그래서 빈학이 제안합니다. 일단 올해 오성의 운행을 바탕으로 내년 오성의 배치를 예상해 그림을 그려봅시다. 그리고 그 결과를 바탕으로 내후년 오성의 배치를 그려봅시다. 그러다 보면……, 만일 가까운 시일 내에 촘촘한 오성결집이 일어난다면 예측이 가능하지 않겠습니까?”

감성관들이 하나둘씩 의견을 말했다.

“한 번 해보겠습니다.”

“불가능하지는 않을 것 같습니다.”

“그러면 5명의 감성관이 오성 하나씩 맡아서 예측을 해볼까요?”

마지막 질문에 내가 답했다.

“그건 아니오. 하늘에서 목성과 토성은 20년마다 접근합니다. 목성과 토성은 상대적으로 천천히 운행하기 때문에 일단 서로 접근하면 5~6년 동안 하늘에 나란히 있습니다. 따라서 상대적으로 빨리 운행하는 다른 행성들, 특히 가장 빨리 움직이는 수성의 운행이 오성결집을 결정하는 가장 중요한 요소가 됩니다. 그러니 수성을 3명, 금성을 2명, 화성을 2명의 감성관이 조사해주세요.”

여기서 용배 감성관이 끼어들었다.

"빈학이 기억하기로는 8년 전, 즉 단기 560년에 목성과 토성이 접근했었습니다."

그러자 동료 감성관들의 탄성이 이어졌다.

"와, 그걸 다 기억하고 계십니까!"

"용배 감성관님, 대단하십니다."

나는 용배 감성관을 보고 고개를 끄덕이고 말을 이었다.

"맞습니다. 그러니까 단기 580년 목성과 토성이 다시 접근할 것입니다. 따라서 만일 오성결집이 일어난다면 12년 뒤 전후라야 합니다. 이를 염두에 두고 예측에 최선을 다해주시기 바랍니다. 이상 회의를 마치도록 하겠소."

한편 나는 감성의 모든 창고를 뒤지는 일도 서둘렀다. 배달국의 천문대부터 따지면 역사가 2천 년이 넘는 감성이었다. 창고를 샅샅이 뒤지는 일이 열흘이나 걸렸다. 가장 큰 성과는 초기 배달국 유물 중에서 아래 그림이 그려진 천 조각을 찾아낸 일이었다!

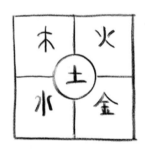

그림이 그려진 천의 보존상태는 완벽했다. 천과 숯의 재질로 미뤄볼 때 배달국 초기 천문대에서 만들어진 유물이 확실했다. 유물을 보는 순간 나는 기절초풍했다.

'이것은 하도가 아닌가? 토가 중앙에 있는……'

감성관들이 나에게 물었다.

"감성관장님, 빈학들은 이 그림이 무슨 뜻인지 전혀 모르겠습니다. 설명을 좀 해주시겠습니까?"

"정말 몰라서 묻는 것이오?"

내가 묻자 감성관들은 이구동성으로 말했다.

"빈학들은 밤에 별만 봤을 뿐이옵니다."

"우주의 원리에 대해 공부한 적은 거의 없었사옵니다."

"가르칠 분이 없습니다. 감성관장님께서 빈학들에게 가르침을 주시옵소서."

가만히 지켜보니 정말 몰라서 묻는 것 같았다.

"좋소이다. 빈학이 아는 만큼 설명해드리겠소. 배달국 초기에 해달이나 근유 같은 뛰어난 천백들이 계셨소이다. 이건 아마 그분들 작품일 게요……"

감성관들은 귀를 쫑긋 세우고 내 설명을 경청했다.

"……태극이 음과 양으로 갈라지고 한 번 더 분화하면 음음·양음·음양·양양 4괘가 됩니다……"

음음	양음	음양	양양
음		양	
태극			

⇒ (괘 그림 및 태극 문양)

"……양양은 하늘로 향하는 화가 어울리오. 물이 불을 끄니까 양양의 정반대인 수는 음음이 되오. 물이 나무를 살리고 나무는 불을 살리니, 즉 음음인 수와 양양인 화 사이에 있는 목은 양음이 되오. 쇠가 나무를 자르니 금은 양음인 목의 정반대, 음양이 됩니다. 따라서 이 그림은 양음·양양·음음·음양 순서로 목화금수를 배치한 것이오."

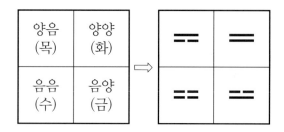

양음 (목)	양양 (화)
음음 (수)	음양 (금)

내가 설명을 마치자 용배 감성관이 물었다.

"그런데 왜 토는 가운데에 있습니까?"

"토는 애당초 하늘과 함께 천지를 이루는 기본 요소여서 목화금수와는 격이 다르오. 그리고 토는 목화금수와 모두 관련이 있습니다. 이 땅을 떠나서 무엇이 존재하겠소. 그래서 토는 이 그림의 중심에 자리 잡은 것입니다."

나는 그 그림을 가지고 유위자 대선인을 알현했다. 매일 뵙던 유위자 대선인을 감성관장이 되고 나서는 한 달이 지나서야 뵈었던 것이다. 나는 절을 드리자마자 사과의 말씀부터 올렸다.

"스승님, 그 동안 감성 일이 너무 바빠 찾아뵙지 못했습니다. 이 제자를 용서해주십시오."

"새로 부임했으니 감성 일이 얼마나 많았겠느냐. 다 이해하느니라. 그래, 한 달 동안 무엇을 했는고?"

"일단 창고를 뒤져서 이 그림을 찾아냈사옵니다."

그림을 본 대선인이 물으셨다.

"이게 어느 시대 그림인가? 태호복희 왕 때 것인가?"

"아닙니다. 배달국 초기 짐 꾸러미에서 나왔습니다."

"배달국 초기?"

대선인은 입을 다물지 못했다. 한참이 지나서야 혼잣말처럼 중얼거리셨다.

"그럼 복희 왕도 저 그림을 보고 하도를 만드셨나……. 토가 가운데에 있다……."

그림에서 눈을 뗀 대선인이 다시 물으셨다.

"그래, 이거 말고 또 무엇이 있는가?"

"예, 스승님. 앞으로 오성결집이 언제 일어날지 알아봤습니다."

"아, 지난번에 천자 폐하께 보고를 드린 일월오성개합재자 같은 것 말인가? 그래, 결과가 어찌 나왔는가?"

"목성과 토성이 접근하는 단기 580년 전후까지 예측을 해봤습니다."

"그런데?"

"그 때까지 오성결집은 일어나지 않을 것 같습니다."

"저런, 애석한지고."

"앞으로 더욱 정밀하게 조사를 해보기는 하겠습니다만……, 결과가 바뀌지는 않을 것 같습니다."

"그럼 단기 600년 전후는 어떤가?"

'아, 다 알고 계시는구나! 역시 스승님이시다!'

나는 감탄을 금치 못하며 말씀드렸다.

"오차가 쌓이면 30년 뒤의 일은 예측해도 틀릴 가능성이 높아……."

"허어, 하늘이 이 늙은이에게는 그 장관을 보여주시지 않으실 모양이구나."

유위자

풍백이 되다

단기 580년이 저물도록 오성결집은 일어나지 않았다. 오성결집이 일어날 가능한 시기는 20년 뒤인 단기 600년 무렵으로 미뤄졌다. 나는 흘달 단군을 뵈올 면목이 없었다. 하지만 단군은 오히려 나에게 풍백 자리를 권하셨다.

"오성결집을 알아보겠다는 이유로 감상관장을 맡지 않았소. 이제 결론이 나왔고 풍백도 얼마 전에 돌아가셨으니 감상관장은 새 풍백이 돼 주시오."

"단은이 망극하옵니다. 폐하의 뜻을 따르겠나이다."

더 이상 거절할 명분도 없어 나는 단명을 받았다.

"후임 감상관장에는 누가 좋겠소? 풍백의 아들이 감성에 있나요?"

"아닙니다. 빈도의 아들은 신지 밑에서 일을 하고 있습니다."

"그럼 후임으로는 누가 좋겠소?"

"용배 감성관이 실력으로나 인품으로나 가장 훌륭합니다."

"그럼 그 사람을 새 감성관장으로 임명하겠소."

"단은이 망극하옵니다."

그리하여 용배 천문관은 조선의 감성관장이 됐다. 번한의 말단 천문관이 감성관장이 됐으니 개천에서 용이 나온 격이었다. 나는 실력 있는 사람은 출신에 무관하게 어울리는 자리에서 일해야 나

라가 발전한다고 믿었다. 그래서 조금도 주저하지 않고 용배 감성
관을 천거했던 것이다.

　풍백으로 임명된 나는 단은을 조금이라도 갚기 위해 최선을 다
했다. 오성결집을 추적하는 일도 결코 포기하지 않았다. 용배 감
성관장에게 지시를 내리고 연구 진척상황을 수시로 보고받았다.
　단기 581년 설날, 나는 어린 아이들로 구성된 합창단을 신년하
례식에 초청했다. 단군에게 세배를 마친 문무백관들이 호기심 어
린 눈초리로 아이들을 바라봤다.
　"폐하, 오늘 아이들이 부를 어아가는 아시다시피 부루 단군께서
직접 만드신 노래이옵니다. 해마다 정월이면 단군 폐하 앞에서 불렀
다고 하는데 언젠가부터 그 전통이 사라졌습니다. 빈도가 그 동안
구전돼 내려오던 어아가를 복원했사오니 한 번 들어주시옵소서."
　단군이 무척 기뻐하시며 아이들에게 재촉하셨다.
　"얘들아, 어서 어아가를 불러다오!"
　아이들은 내 지휘에 맞춰 노래를 부르기 시작했다.

어아 어아!
우리 대조신의 크나큰 은덕을
배달의 아들딸 모두
백 년 천 년 영원히 잊지 못하리.

어아 어아!

선한 마음 큰 활 되고

악한 마음 과녁을 이루었네!

백백 천천 우리 모두 큰 활줄 같이 하나 되고,

착한 마음은 곧은 화살처럼 한 마음이 되리라.

어아 어아!

백백 천천 우리 모두 큰 활처럼 하나 되어

수많은 악의 과녁 꿰뚫어 버리리라.

끓어오르는 물 같은 착한 마음속에

한 덩이 눈 같은 것이 악한 마음이라.

어아 어아!

백백 천천 우리 모두 큰 활처럼 굳세게 한 마음 되니,

배달나라의 영광이라네.

백 년 천 년 그 오랜 세월 큰 은덕이여!

우리 대조신이시네.

우리 대조신이시네.

노래가 끝나자 문무백관들은 박수를 아끼지 않았다. 단군도 손뼉을 치며 단명을 내리셨다.

"이렇게 좋은 노래를 잊고 있었다니……. 앞으로 새해 설날에는 꼭 오늘처럼 어아가를 부르도록 하라!"

다음 순서로 나는 하인들에게 준비된 병풍을 가지고 와 펼치게 했다. 어아가를 환자로 적은 병풍이었다.

狳阿　狳阿
秡篦　狳祖神
狳恩德
俻達國秡篦
皆百百千千年勿忘

狳阿　狳阿
善心　狳弓成
惡心　夫的成
秡篦　百百千千人
皆　狳弓結同
善心直夫一心同

"빈도가 어아가를 확실히 보존하기 위해 그 의미를 환자로 정리해봤습니다. 폐하, 마음에 드시나이까."

단군은 무릎을 치며 좋아하셨다.

"훌륭하오, 풍백! 역시 우량 풍백이오!"

"단은이 망극하옵니다. 폐하께 새해 선물로 올리고자 하나이다."

"짐이 새해 받은 선물 중 최고입니다! 고맙소, 풍백!"

문무백관이 우레와 같은 박수를 쳤다.

"우리 합창단 아이들 중에 누가 이 병풍을 읽을 수 있는가? 한 자도 틀리지 않고 읽는 아이가 있다면 짐이 상을 내리리라!"

그러자 똑똑해 보이는 소년이 손을 들며 말했다.

"제가 한 번 읽어보겠나이다."

단군이 허락하자 소년은 커다란 목소리로 또박또박 읽어 내려갔다.

어아어아

아등대조신

대은덕

배달국아등

개백백천천년물망

어아어아

선심대궁성

악심시적성

아등백백천천인

개대궁현동

선심직시일심동

어아어아

아등백백천천인

개대궁일

중다시적관파

비탕동선심중

일괴설악심

어아어아

아등백백천천인

개대궁견경동심

배달국광영

백백천천년대은덕

아등대조신

아등대조신

소년이 읽기를 마치자 다시 우레와 같은 박수가 터졌다. 단군은
소년을 부르시더니 자리에서 일어나 머리를 쓰다듬어 주셨다.

"나라의 장래는 인재에 달려 있소. 이렇게 총명한 아이들이 있다니 우리 조선의 앞날이 밝을 수밖에 없지 않소?"

설날이 지난 후 얼마 안 있어 탕왕이 서거했다는 급보가 아사달에 날아들었다! 내가 비보를 전하자 단군이 놀라 물으셨다.

"아니, 왕이 된 지 겨우 13년 만에 서거했단 말이오?

"폐하, 탕왕의 나이가 올해 100살이었사옵니다."

"허어, 이게 웬 날벼락이란 말인가! 하긴 탕왕이 짐보다 손위니까……. 이제 조금 있으면 짐이 갈 차례로다……. 제후국 애사에 단군이 갈 수는 없으니 풍백이 짐을 대신해 조문을 하러 다녀오시오."

"폐하, 아뢰옵기 황공하오나, 운사 말량과 함께 다녀오도록 윤허해주시옵소서."

"운사와 함께? 아, 그렇지! 풍백, 운사와 상나라 이윤은 죽마고우지요. 당장 급한 국사도 없으니 그리 하세요."

단군은 흔쾌히 수락하셨다.

"폐하, 이윤은 상나라 승상으로 총명하기 그지없는 큰 인물입니다……."

"짐도 아오. 사실 상나라와 하나라의 전쟁도 쉽지는 않았다고 들었소. 그런데 이윤이 탕왕의 군사 역할을 훌륭히 수행해 쉽게 이겼고 그 공으로 승상까지 됐다고 하오. 그런데 왜 갑자기 이윤을 칭찬하시오?"

"폐하, 아뢰옵기 황공하오나, 만일 이윤이 우리 조선으로 온다면 받아주시겠습니까?"

"그야 당연하지요! 인재가 많으면 많을수록 나라에는 보탬이 되는 법이오. 물론 인재가 많아도 인성이 모자라 서로 시기하고 질투하면 오히려 해악이 됩니다. 하지만 이윤은 풍백, 운사와 험한 일을 같이 겪었으니 얼마나 좋소? 이윤이 온다면 우리 조선에 큰 도움이 될 것이라 확신하오."

"폐하, 단은이 망극하옵니다!"

"하지만……, 이윤이 상나라를 떠날까요? 상나라 탕왕에게 평생 큰 은혜를 입은 사람인데……."

"일단 만나서 얘기를 해보겠습니다."

단군은 잠시 생각에 잠겼다가 말씀하셨다.

"참, 신기한 일이오. 마침 공석이 된 우사 자리에 앉힐 마땅한 사람이 없어서 고민하던 차였는데 임자가 나타났구려. 상나라의 승상 이윤이 조선으로 온다면 짐은 즉시 우사에 임명할 것이오!"

"폐하, 단은이 망극하옵니다! 하지만 아시다시피 이윤은 화하족이어서……."

"그게 무슨 상관이오? 배달 시대에도 화하족 보현이 우사가 되지 않았소? 지손도 덕을 쌓으면 천손이 되고 천손도 죄를 지으면 지손이 되는 것이오. 세상 사람을 모두 천손으로 만들자는 것이

우리 조선의 홍익 사상 아니오? 우리가 스스로 민족을 택해 태어
나는 것이 아니거늘……."

'이건 스승님께서 늘 하시는 말씀인데……. 폐하께서도 가르침
을 받으신 모양이구나!'

"폐하, 정말 훌륭하시옵니다! 과연 대단군이시옵니다! 그럼 폐
하의 높은 뜻을 이윤에게 전하겠사옵니다."

"짐은 이윤이 오기를 고대하고 있겠소."

　대단군의 사신인 나와 말량이 도착한 날 상나라 탕왕의 장례식
이 정식으로 시작됐다. 구름처럼 모여든 상나라 백성들은 눈물을
흘리며 탕왕의 죽음을 진심으로 애도했다. 생전 탕왕의 덕을 기리
는 듯 많은 제후들과 사신들이 장례식에 참가했다. 번한에서는 묵
태라는 신하가 소전 왕 대신 조문을 왔다. 나는 묵태에게 내가 전
에 소전 왕에게 보였던 무례에 대해 다시 한 번 사죄했다.

　그날 밤 나와 말량은 이윤의 집으로 갔다. 단군의 뜻을 전해들은
이윤은 놀란 나머지 찻잔을 엎었다.

"그게 사실인가? 우사 자리를 주시겠다고?"

"단군의 뜻은 확고하다네. 자네가 조선으로 가기만 하면 돼."

　내가 대답하자 말량이 맞장구쳤다.

"이봐, 이윤이. 자네 아까운 재주를 남토에서 낭비하지 말고 흘
달 천자님께 같이 가세. 중원으로 가서 남토, 서토, 북토 가릴 것

없이 천하를 같이 호령해보잔 말일세!"

하지만 이윤은 한마디로 거절했다.

"그건 아니 될 말일세. 나는 탕왕을 배신할 수는 없어."

우리는 한동안 아무 말도 못하고 어색한 시간을 보냈다. 그런데 이윤의 부인이 새 찻잔을 들고 들어오며 말했다.

"여보, 우리 조선으로 가요!"

"임자는 가만히 있어요!"

이윤이 화난 목소리로 부인의 입을 막으려 했지만 부인은 지지 않았다.

"여보, 당신은 백성들 사이에 돌아다니는 소문들을 전혀 모르고 있어요. 당신이 승상의 위치까지 오르니까 간신들이 모함을 하고 있단 말이에요."

"그게 무슨 말이오?"

이윤은 깜짝 놀라 부인을 바라봤다.

"당신이 역심을 품었다는……."

그 말을 듣고 우리는 모두 입을 다물지 못했다.

"아, 알았소. 다, 당신은 나가 있어요."

이윤은 적지 않은 충격을 받은 듯 말을 더듬었다.

"여보, 나가기 전에 우량님께 사죄드리고 싶어요."

이윤과 나는 깜짝 놀라 부인을 바라봤다.

"옛날 저는 우량님이 상나라에 남으실까 봐 걱정을 했어요. 이 사람이 출세하는데 국자랑 동기가 짐이 되면 어쩌나 생각했지요. 하지만 우량님은 같이 출세하자고 이 사람을 데리러 오셨어요. 정말 제 속이 좁았다는 사실을 깨달았습니다. 우량님께 진심으로 사죄드립니다."

부인은 나에게 고개를 숙여 절하고 나갔다. 친구 부인의 사과를 받고 어쩔 줄 몰라 하는 나에게 이윤이 말했다.

"참, 세상일이 신기하네. 그때 자네가 여기 남았으면 이번에 이런 모함까지 받지는 않았을 텐데……. 믿을 수 있는 사람이 옆에 없다는 것이 참으로 무섭네."

"이윤, 나는 항상 '과유불급'이라는 말을 명심하고 산다네. 세상 모든 일은 지나치면 안 돼. 탕왕께서 자네를 너무 총애하셨어."

"사실은……, 왕세자가 요즘 나를 바라보는 눈이 이상했네. 그 이유를 몰랐었는데 마누라 말을 듣고 나니 이제 알 것 같으이……."

"부인 말씀이 사실이면 장례식이 끝나자마자 자네에게 어떤 화가 미칠 것 같네. 자, 어쩌겠는가. 부인 말씀대로 우리랑 함께 조선으로 가세. 그게 하늘의 뜻 같으이."

한동안 말이 없었던 말량도 거들었다.

"자네들 기억하는가? 우리 국자랑 시절에 배달국 초기 풍백 해달, 우사 진예, 운사 치우 얘기를 한 적 있어. 그 때 어떻게 세 친구가 동시에 풍백·우사·운사를 맡을 수 있느냐 하며 부러워했잖

아. 그런 일은 우리에게 꿈일 뿐이라고 생각했었지. 하지만 이제 이윤이만 결심하면 어린 시절 그 꿈을 이룰 수 있다네!"

내가 다시 거들었다.

"맞아! 이윤이, 우리 국자랑 때 꿈을 한 번 이뤄보세!"

이윤은 마음이 흔들렸는지 고개를 푹 숙이고 말이 없었다.

"그리고……, 제후국에서 천자국으로 가는 것은 배신이 아닐세. 나는 번한의 천문관 용배도 데려다가 조선의 감성관장을 시킨 사람이야. 이윤이, 그 문제는 고민하지 말게."

내가 다시 독촉하자 이윤은 결심한 듯 고개를 끄덕이며 말했다.

"알았네! 그럼 장례식 중간에 자네들이 조선으로 돌아갈 때 나도 재상 자리를 내놓고 같이 가겠네!"

"이윤이, 고마워!"

"잘 생각했네!"

우리 셋은 자리에서 일어나 서로 힘차게 부둥켜안았다.

"우리 셋이서 조선을 더욱 부강하게 만드세!"

"이제부터야! 이제부터란 말일세!"

"나이 60을 막 넘은 우리의 여생이 얼마나 될지 모르지만 죽을 때까지 흘달 천자님께 충성을 다하세!"

다시 자리에 앉으며 이윤이 조심스럽게 물었다.

"그런데 흘달 천자께서는 내가 화하족이라는 사실을 아시는가?"

나는 자신 있게 대답했다.

"알다마다. 하지만 걱정 말게. 단군 천자님은 스승님과 똑같은 생각을 하고 계시네."

"아, 유위자 스승님!"

이윤은 잠시 천장을 바라보며 옛날 대선인의 가르침을 회상하며 말했다.

"스승님의 가르침에서 평생 벗어나지를 못하네그려. 이제 스승님을 자주 뵈올 수 있어 정말 좋네……."

오성취루

단기 599년 개천 축제가 끝난 어느 날 유위자 대선인과 나는 흘달 단군을 찾아뵈었다. 대선인이 먼저 아뢰었다.

"폐하, 내년은 단기 600년이니 왕검 단군께서 우리 조선을 개국하신 지 600주년이 되는 해입니다. 또한 흘달 천자님의 등극 50주년이 되는 해입니다."

"짐도 잘 알고 있소이다. 그런데요?"

"풍백과 함께 연구한 결과 내년 6월 저녁 서쪽 하늘에 목성, 화성, 토성, 금성, 수성 등 오성이 해와 달 사이에 한 줄로 설 것이라는 사실을 깨달았사옵니다!"

"그럼 풍백이 옛날 감성관장 때부터 늘 얘기하던, 그 오성 뭐더라……, 맞다! 오성결집이었지. 그래, 그 오성결집이 내년에 일어난다 그 말이오?"

"예, 그렇습니다. 이 모두 폐하의 은덕이옵니다."

"그, 그래요? 저, 정말입니까?"

단군은 너무 기뻐 말까지 더듬으셨다.

"감성관들의 예측 결과도 모두 같사옵니다. 오성은 분명히 내년에 모일 것입니다."

단군이 나를 바라보며 물으셨다.

"풍백 생각도 국태사와 같소?"

"폐하, 아무리 부족한 빈도지만 1년 뒤의 하늘은 맞힐 수 있사옵니다. 빈도의 목을 걸겠나이다."

"허어, 농담이 지나치시오. 으하하하, 이런 경사가 있나! 하하하."

단군의 커다란 웃음소리가 궁궐에 퍼져 나아갔다.

"하늘이 이 홀달에게 선물을 주시는도다, 선물을 주시는 것이야! 아, 그나저나……, 국태사 어르신의 건강은 어떠시오?"

단군이 묻자 대선인이 대답하셨다.

"폐하, 국태사라는 신분으로 천자께 염려를 끼쳐드려 망극하기 짝이 없사옵니다. 현재 상태로는 빈도가 내년 오성결집을 보고 이승을 떠나는 일도 어려울 듯합니다."

단군은 기절초풍하셨다.

"그, 그게 무슨 말이오? 그토록 위중하시오?"

"폐하, 빈도의 나이가 130에 가깝사옵니다. 이제 풍백 우량이 국태사를 물려받았으면 하옵니다."

단군은 생각에 잠겼다가 나에게 물었다.

"짐이 국태사를 쉬지도 못하게 너무 부려먹었소이다. 그러면 이제 국사를 놓고 쉬도록 하세요. 국태사 자리는 하루도 비울 수 없으니……, 풍백이 국태사 자리를 이어받도록 하시오."

대선인께서는 나를 보고 고개를 끄덕이셨다.

"폐하, 스승님 자리를 기꺼이 이어받겠나이다."

"좋소이다. 어차피 짐의 여생도 얼마 남지 않았거늘……."

말을 마친 단군이 외치셨다.

"여봐라, 어의를 들라 하라!"

어의가 황급히 뛰어 들어오자 단군이 다시 외치셨다.

"인삼이고 뭐고……, 몸에 좋다는 약은 모조리 가져다가 유위자 대선인께 드리도록 하라!"

"아니, 폐하는 뭘 드시고……."

대선인이 황급히 만류했지만 단군은 명을 거두지 않으셨다.

그날 저녁 이윤과 말량이 놀러왔다. 이윤은 자리에 앉기도 전에 농부터 걸었다.

"아이고, 이제 우리와 격이 다른 국태사이시니 자주 찾아뵙기도 어렵겠소."

말량도 맞장구쳤다.

"국태사가 됐으면 이 운사와 우사에게 신고를 해야 되지 않소?"

'갑자기 웬 존댓말들이야?'

"예끼, 이 인간들아. 자네들이 나한테 축하 대접을 해야지. 이것이 국태사의 첫 가르침일세."

"그런가? 어쨌든 축하드립니다, 국태사."

"이 말량이도 축하하네."

내가 두 친구에게 자리를 권하고 시녀를 불러 차를 시키려고 하자 말량이 가로막았다.

"이렇게 좋은 날 차 가지고 되겠는가. 곡차를 해야지."

"아니, 자네 요즘도 곡차를 마시나?"

"이 사람아, 나야 명색이 장군 출신 아닌가. 아직은 곡차 몇 병 먹어도 끄떡없다네."

"우사나 나는 곡차 한 병 먹으면 열흘 동안 수련한 것도 날릴 걸."

내가 시녀에게 곡차를 시키자 이윤이 물었다.

"새해에 하늘에서 상서로운 일이 일어난다며? 새해 6월 저녁 하늘에 오성이 모인다 들었네."

"그렇다네. 오성결집은 확실히 일어날 걸세."

"그럼 상나라에서도 보이겠지?"

"당연하지, 이 친구야. 지구상 어디서나 볼 수 있다네."

'이 친구 아직도 상나라를 잊지 못하고 있군.'

잠깐 내 마음이 애잔해졌다.

"그런데 지구가 무엇인가?"

"아, 스승님과 빈도는 둥근 땅덩어리를 지구라고 부른다네."

"그럼 상나라에서도 오성결집이 똑같은 모양으로 보인단 말인가?"

"상나라는 남토에 있어서 적도에 더 가까우니까 오성결집 선이 조금 일어설 것이라네."

"적도는 무엇인가? 나도 천문을 조금은 아네만……, 하늘에 해와 달이 다니는 길, 황도와 백도 말고 또 있는가? 적도는 무엇이 다니는 길인가?"

"적도는 그런 게 아닐세. 땅이 둥글다면 적도는 하늘에도 있고 땅에도 있어야 하네. 적도에 가까이 가면 오성결집 때 행성들이 직각에 가깝게 배열돼야 해."

단기 600년이 되자 나는 정초부터 감성에 가서 하늘을 계속 살폈다. 수성과 금성이 동쪽 하늘에 떴다. 수성과 금성이 해의 서쪽에 있으면 아침에 해보다 먼저 뜬다. 그 대신 그날 저녁에는 해보다 먼저 져서 보이지 않게 되기 때문에 새벽별로만 보인다. 수성은 금성보다 흐려서 관측이 어려웠지만 분명히 해와 금성 사이에 있었다.

'우리 예측이 옳다면 수성과 금성은 5월과 6월 사이 해의 서쪽에서 동쪽으로 이동해야 한다. 수성과 금성이 해의 동쪽에 있으면 아침에 해보다 나중에 떠서 보이지 않는다. 그 대신 그날 저녁에는 해보다 나중에 져서 저녁별이 되는 것이다. 그때쯤 화성, 목성, 토성이 서쪽 하늘에 대기하고 있을 테니까…….'

나는 손꼽아 6월을 기다렸다. 내 인생에서 가장 지루한 나날들이었다.

세월이 흘러 마침내 기다리고 기다리던 6월이 됐다. 하지만 매일 비가 오거나 흐린 날씨가 이어졌다. 음력 6월은 원래 비가 많이 오는 계절이었고 특히 마한 지역은 장마라는 것이 있어 보름이 넘도록 비가 오기도 했다.

'아, 지금쯤 오성이 서쪽 하늘에 모여 있을 텐데……'

나는 초조한 나날들을 보냈다. 그러던 어느 날 오후 늦게 하늘이 개기 시작했다. 그러자 단군부터 아이들까지 아사달의 모든 남녀노소가 광장에 모였다. 유위자 대선인은 단군 옆에 마련된 자리에 누우신 채 하늘을 바라보셨다.

저녁놀이 붉게 물들자 행성들이 그 속에서 보석처럼 나타나기 시작했다. 땅거미가 내리자 제일 왼쪽에 떠 있는 달로부터 오른쪽을 향해 화성, 수성, 토성, 목성, 금성 순서로 늘어섰다!

'아, 하늘이 우리한테 이런 감격을 선사하려고 일부러 계속 비를 내리셨구나!'

나는 입을 다물 수가 없었다.

"아!"

단군도 외마디 비명을 지르며 하늘에서 눈을 떼지 못하셨다. 대선인은 자리에서 상체를 일으킨 채 하염없이 서쪽 하늘을 바라보다가 혼잣말처럼 중얼거리셨다.

"아, 이제 이승을 떠나도 여한이 없다!"

아사달 광장에 모인 수백 명의 남녀노소가 입을 다물지 못하고 하늘을 쳐다보는 가운데 잠시 정적이 흘렀다.

"흘달 단군님 만세!"

고요함을 깨고 누군가 외치자 광장은 순식간에 만세 소리로 뒤덮이기 시작했다.

"왕검 단군님 만세!"

"환인, 환웅, 단군 만세!"

만세 소리는 자연스럽게 개천가 합창으로 이어졌다. 단군이 손을 높이 드시자 만세 소리가 겨우 잦아들었다. 광장이 조용해지자 단군은 흥분한 목소리로 외치셨다.

"단명을 내리노라! 아사달 백성은 당장 오늘부터 사흘 동안 개천축제 때처럼 먹고 마셔라! 일을 하는 자는 벌을 줄 것이다!"

그러자 기쁨의 함성 소리로 천지가 떠나갈 것 같았다!

사흘 밤낮이 어떻게 지나갔는지 모르겠다. 나흘째 되던 날 용배 감성관장이 천에 그린 오성결집 그림을 가지고 와 나에게 물었다.

"국태사 어르신, 이번 오성결집을 기록에 남겨야 하는데 뭐라고 불러야 할까요?"

"올해가 무진 년이고……, 흘달 천자 폐하 재위 50년이고……, 지금 오성이 어느 별자리에 모여 있는가?"

"28수 중 루에 가장 가깝습니다."

"맞아! 분명히 루 근처였네. 그런데 그 28수라는 것이 시대마다,

나라마다 다르지 않았는가?"

"그렇사옵니다만 이번 오성결집이 일어난 별자리는 우리 아사달 감성 28수로 루가 맞습니다."

"그렇다면……, 어쨌든, 오성취루라고 불러야겠군."

나는 그림 밑에 '무진오십년오성취루'라고 적어 넣었다.

개벽

  며칠 후 유위자 대선인이 위독하다는 전갈을 받았다. 나는 대선인 숙소로 부리나케 달려갔다.

  "콜록콜록, 빈도가 이제 갈 때가 됐나보다. 허어, 아무리 제자라고 하지만 국태사가 됐으니 이제 말을 함부로 놓을 수 없구먼, 하하하."

  자리에 누워계시던 유위자 대선인은 상체를 일으켜 나를 맞이하셨다.

  "무슨 말씀이십니까, 스승님. 그냥 예전처럼 대해주세요."

  "그럴 수는 없소이다. 대단군의 나라 조선의 법도가 시퍼렇게 살아있거늘……."

  나는 두 손으로 앙상하게 뼈만 남은 대선인의 오른손을 잡았다.

  "오성취루를 보고 나니 몸이 급속히 나빠지는구려. 하늘이 오성취루를 보고 죽을 만큼만 빈도의 수명을 연장시켜주신 것 같소……."

  유위자 대선인은 방구석에 있던 바둑판을 가리키셨다. 나는 즉시 바둑판을 대령했다. 낯이 익은 자부 대선인의 바둑판이었다.

  "콜록콜록, 빈도가 국태사에게 물려줄 것은 이 바둑판 하나밖에 없구려."

  대선인은 바둑판 위에 바둑돌로 태호복희의 하도를 만드셨다.

"전에도 얘기했지만, 목 → 화 → 금 → 수 순환이 자연스럽지 못하오. 즉 목 → 화, 금 → 수 → 목은 목생화, 금생수, 수생목 때문에 문제가 없지만 화 → 금은 화극금 때문에 진행이 되지 않소."

"그랬었지요."

"콜록콜록, 그런데 중앙에 있는 토가 답이오! 중앙에 있는 토가 개입하면 문제가 간단히 풀린단 말이오."

"예에?"

"즉 화 → 금을 위해서는 토의 개입이 불가피하오. 즉 화 → 토 → 금처럼 화생토 → 토생금을 이용해 순환을 이어가야 하오."

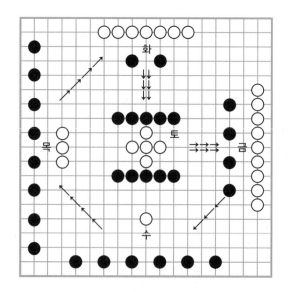

"아! 중앙의 토를 들렀다가 가면 되는군요!"

'이 간단한 것을 나는 왜 생각하지 못했을까!'

대선인은 바둑판의 돌들을 흩트려 이번에는 하나라 우왕의 낙서
를 만들었다.

　"이 우주에서 토의 개입은 절대적이외다. 우왕의 낙서에서도 토
는 반드시 중앙에 들어가야 하오. 문제는 수 → 화 → 금 → 목 순
환이 자연스럽지 못하다는 것이었소. 즉 수 → 화 → 금 → 목은
수극화, 화극금, 금극목 때문에 문제가 없지만 목 → 수는 목극수
가 아니기 때문에 진행이 되지 않는다는 것이외다. 하지만 낙서도
이렇게 중앙의 토를 거치면 상극 순환이 이어지오."

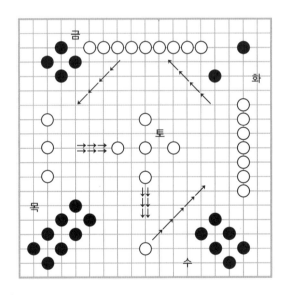

　나는 입을 다물 수가 없었다.

　"국태사, 더 깊이 공부하면 하도와 낙서의 배경에는 천부경 우주
관이 자리 잡고 있음을 깨닫게 될 것이오."

"천부경이요?"

"우리 배달족의 우주는 순환을 통해 상극도 이겨내는 것이오. 이 심오한 우주관이 환국 때부터 천부경 → 하도 → 낙서 순서로 전해진 것이외다."

'아, 스승님 말씀을 이해하지 못하겠다. 나는 아직 멀었구나.'

"콜록콜록, 가장 심오한 우주의 비밀은 중앙의 토에 있소. 토는 대기하고 있다가 흐름이 막힐 때 개입하는 것이외다!"

"그 때라는 것이 언제이옵니까?"

"빈도는 그 문제를 가지고 최근에 많은 시간을 보냈소. 평생 공부하고 이제 죽을 때가 돼서야 우주가 순환해야 한다는 사실을 깨달았소."

"우주가 순환한다는 말은……."

"콜록콜록, 이 우주에 존재하는 것은 모두 순환하오. 그러니 우주 자체가 순환한다고 해서 이상할 것이 없지 않소?"

"……."

"한마디로, 우리 지구에 1년이 있는데 우주에 1년이 없겠느냐 말이외다."

"예에?"

"이 우주에도 분명히 봄, 여름, 가을, 겨울이 있을 것이오. 다만 우주의 1년이 시간적으로 얼마나 긴지 모를 뿐이외다."

"스승님, 그렇다면 지금은 우주의 어느 계절에 해당됩니까?"

"짧은 인생을 사는 우리로서는 알 길이 없소. 그런데 환국이 있었던 천산도 옛날에 따뜻했다고 하지 않았소?"

"빈학도 천산에 갔다가 그곳이 환국시대에는 따뜻하고 비가 왔다는 전설을 들은 바 있습니다."

"콜록콜록, 그럼 그때가 여름이었나……. 그렇다면 만 년 전이 여름이었으니까 지금은 우주의 여름 끝자락일지도 모르지. 우주의 한 계절이 수만 년이라면 말이오."

"예를 들어 우주의 한 계절이 2만 년이면 우주의 1년은 8만 년이 되는 것입니까?"

"그렇다고 봐야지. 그렇게 긴 시간을 두고 우주는 순환하는 것이오. 하도에서 화는 여름이고 금은 가을이니까 토의 개입이 일어나는 시기는……, 콜록콜록."

대선인이 심해진 기침 때문에 말을 멈추자 내가 결론을 내렸다.

"우주의 여름에서 가을로 넘어갈 때 토의 개입이 일어나는군요!"

"그렇소, 국태사! 바로 그게 빈도가 죽기 직전인 지금에서야 깨달은 사실이오! 빈도는 그때를 '하추교역기'라고 부르기로 했소. 창기소 선인의 '환단교역기'와 비슷하게……."

"그럼 그게 언제인가요? 지금부터 몇 년 뒤가 될까요?"

"우주의 한 계절이 만 년 정도라 하고 만 년 전이 우주의 여름이었다면 바로 지금이 하추교역기일 것이오. 여름이 끝나가니까……. 콜록콜록, 하지만 우주의 한 계절이 수만 년이라면……, 지금부터 만 년 정도 뒤가 되겠소이다."

"그러면 토의 개입이란 구체적으로 무엇이옵니까? 우주의 관점에서 보면 엄청난 일인데……. 다시 개천이 일어나나요?"

"콜록콜록, 한 번 열린 하늘이 다시 열리기야 하겠소."

"그렇다면……."

"개천보다는……."

나는 대선인의 입만 바라보고 있었다.

"개벽이라는 말이 어울릴 듯하오."

"개벽이요?"

대선인은 굳이 환자로 개벽이라고 쓰셨다.

開闢

야윈 팔로 쓰셨어도 글자의 획들은 힘이 넘쳤다.

"콜록콜록, 개벽도 천지개벽이 일어날 것이오. 놀랍지 않소? 태호복희는 개벽이 일어날 것을 이미 하도를 통해 예언한 것이오."

나는 감탄을 금할 수 없었다.

'아, 정말 소름끼친다. 태호복희는 얼마나 천재인가. 이미 1700년 전에 이런 개벽을 하도에 예언하다니…….'

"국태사, 하도의 숫자 10이 무엇이라고 생각하오?"

"빈도도 그게 늘 궁금했습니다. 하늘도 9천이거늘 어찌 감히 9를 넘어설 수 있단 말입니까?"

"국태사, 이 노인네 다시 눕소이다."

대선인이 힘드셨는지 자리에 누우셨다.

"그러니까……, 토의 개입을 의인화하면……, 하늘을 넘어서는 분이, 하늘을 다스리는 분이, 즉 우주의 주재자인……, 콜록콜록, 콜록콜록."

대선인의 기침이 더욱 심해졌다. 한참 후에야 겨우 안정을 되찾은 대선인이 숨을 몰아쉬며 말씀하셨다.

"하느님……, 즉 상제님이 오신다는 뜻이외다……."

(끝)

끝내며

홍산 문화 유적지에서 나온 유물 중에 옥 누에를 보고 빈도는 커다란 충격을 받았다. 이미 5000년 이전에 우리 조상들이 비단옷을 입었다는 증거 아닌가! 이런 것만 보더라도 옛날 우리 조상들은 우리 생각보다 훨씬 더 현명했을 가능성이 높다. 옛날에도 '아인슈타인'은 있었을 것 아닌가. 그런 커다란 가정 아래 빈도가 『개천기』 시리즈를 집필하고 있음을 독자는 유념하기 바란다.

배달 3부작을 집필하면서 갑골문자들을 임의로 만들어 넣은 일들이 제일 걸렸다. 이 문제는 『유위자-개천기5』부터 전서체의 한자를 활용하면서 해결됐다. 물론 통설에 따르면 전서체는 단군조선 말쯤에 자리를 잡았다고 한다. 하지만 앞에 소개한 커다란 가정 안에서 보면 시기적으로 더 거슬러 올라갔을 가능성이 높다. 발리의 서효사 같은 명문을 어떻게 갑골문자로 기록했겠느냐 말이다.

염표문은 도해 단군 시절 나왔지만 지은이는 알려지지 않은 것으로 알고 있다. 하지만 단군조선 최고의 대선인 유위자 말고 누가 그 명문을 쓸 수 있었겠는가. 그래서 빈도는 아예 염표문을 유위자가 썼다고 기술했다. 유위자 같이 하늘을 보며 도를 닦은 선인들은 땅이 둥글다는 사실도 알았을 것이다. 서양의 에라토스테

네스는 기원전 지구가 둥글다는 사실은 물론 정확히 크기까지 측정했다. 그것은 믿으면서 동양의 현자는 지구가 둥글다는 사실조차 몰랐다고 생각하면 되겠는가. 이는 단지 기록이 전해지지 않았기 때문일 것이다.

본문에 나오는 행성의 회합주기는 실제와 값이 조금씩 틀리다. 실제로는 수성이 116일, 금성이 584일, 화성이 780일, 목성이 399일, 토성이 378일이다. 당시에는 그 정도 오차를 가진 값으로 알고 있었다고 보는 것이 타당하지 않을까 생각한다. 천문에 관련된 것들은 이 정도로 마치도록 하겠다.

이윤도 배달족이었다는 증거가 여기저기 있지만 화하족으로 설정한 점이 마음에 걸린다. 이는 천손인 우량과 말량이 지손인 이윤을 대하는 장면들을 자세히 기술함으로써 우리 천손사상이 결코 배타적이고 국수주의적인 것이 아님을 보여주기 위함이다. 또한 이윤이 자연스럽게 탕왕의 신하가 되는 스토리 설정을 위한 것이다. 등장인물이 모두 배달족이면 조금 식상하지 않겠는가.

『개천기』 시리즈에 나오는 연대와 나이들은 모두 만으로 계산됐다. 예를 들어 왕검 단군의 나이를 흔히 130이라고 하는데 이 『개천기』 시리즈에서는 129가 된다. 빈도가 『환단고기』에서 인용하는 47분의 단군 재위 연도 환산표는 아래와 같다. 조선은 BC 2333년부터 BC 238년까지, 즉 단기 1년부터 단기 2096년까지 2096년 동안 이어졌다. 표에서 재위연도 합이 2096년이 아니라 2095

년이 되는 것은 첫 해인 BC 2333년이 포함되지 않았기 때문이다.
또한 단군이 등극한 다음 해를 재위원년이라고 부름에 유의하자.
예를 들어 22대 색불루 단군의 재위원년은 BC 1285년, 즉 단기
1049년이 된다.

	단군	재위	BC	단기
1	왕검	92	2333 ~ 2241	1 ~ 93
2	부루	58	2241 ~ 2183	93 ~ 151
3	가륵	45	2183 ~ 2138	151 ~ 196
4	오사구	38	2138 ~ 2100	196 ~ 234
5	구을	16	2100 ~ 2084	234 ~ 250
6	달문	36	2084 ~ 2048	250 ~ 286
7	한율	54	2048 ~ 1994	286 ~ 340
8	우서한	8	1994 ~ 1986	340 ~ 348
9	아술	35	1986 ~ 1951	348 ~ 383
10	노을	59	1951 ~ 1892	383 ~ 442
11	도해	57	1892 ~ 1835	442 ~ 499
12	아한	52	1835 ~ 1783	499 ~ 551
13	흘달	61	1783 ~ 1722	551 ~ 612
14	고불	60	1722 ~ 1662	612 ~ 672
15	대음	51	1662 ~ 1611	672 ~ 723
16	위나	58	1611 ~ 1553	723 ~ 781
17	여을	68	1553 ~ 1485	781 ~ 849
18	동엄	49	1485 ~ 1436	849 ~ 898
19	구모소	55	1436 ~ 1381	898 ~ 953
20	고홀	43	1381 ~ 1338	953 ~ 996
21	소태	52	1338 ~ 1286	996 ~ 1048
22	색불루	48	1286 ~ 1238	1048 ~ 1096
23	아홀	76	1238 ~ 1162	1096 ~ 1172
24	연나	11	1162 ~ 1151	1172 ~ 1183
25	솔나	88	1151 ~ 1063	1183 ~ 1271
26	추로	65	1063 ~ 998	1271 ~ 1336
27	두밀	26	998 ~ 972	1336 ~ 1362
28	해모	28	972 ~ 944	1362 ~ 1390
29	마휴	34	944 ~ 910	1390 ~ 1424
30	내휴	35	910 ~ 875	1424 ~ 1459
31	등올	25	875 ~ 850	1459 ~ 1484
32	추밀	30	850 ~ 820	1484 ~ 1514
33	감물	24	820 ~ 796	1514 ~ 1538
34	오루문	23	796 ~ 773	1538 ~ 1561
35	사벌	68	773 ~ 705	1561 ~ 1629
36	매륵	58	705 ~ 647	1629 ~ 1687
37	마물	56	647 ~ 591	1687 ~ 1743
38	다물	45	591 ~ 546	1743 ~ 1788
39	두홀	36	546 ~ 510	1788 ~ 1824
40	달음	18	510 ~ 492	1824 ~ 1842
41	음차	20	492 ~ 472	1842 ~ 1862
42	을우지	10	472 ~ 462	1862 ~ 1872
43	물리	36	462 ~ 426	1872 ~ 1908
44	구물	29	426 ~ 397	1908 ~ 1937
45	여루	55	397 ~ 342	1937 ~ 1992
46	보을	46	342 ~ 296	1992 ~ 2038
47	고열가	58	296 ~ 238	2038 ~ 2096
		2,095		

주요 연표

연도(BC)	개천	단기	사건
3897	1		- 거발환 배달 건국
3804	94		- 해달 천백이 되다
3402	496		- 발귀리 천백이 되다
2707	1191		- 일월 천백이 되다
2470	1428		- 오성개합
2343	1555		- 신지 천백이 되다
2333	1565	1	- 왕검 단군 조선 건국
1835	2063	499	- 도해 단군 서거, 아한 단군 등극
1783	2115	551	- 아한 단군 서거, 흘달 단군 등극
1766	2132	568	- 우량 감성관장이 되다
1734	2164	600	- 오성취루